大魚讀品
BIG FISH BOOKS

让日常阅读成为砍向我们内心冰封大海的斧头。

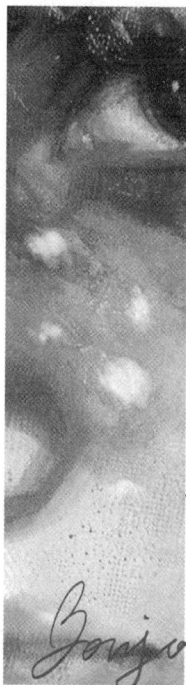

你好，

忧愁

Bonjour

Tristesse

[法] 弗朗索瓦丝·萨冈 / 著

林苑 / 译

浙江人民出版社

图书在版编目（CIP）数据

你好，忧愁 / （法）弗朗索瓦丝·萨冈著；林苑译
. -- 杭州：浙江人民出版社，2024.10
ISBN 978-7-213-11468-7

Ⅰ.①你… Ⅱ.①弗… ②林… Ⅲ.①长篇小说—法
国—现代 Ⅳ.①I565.45

中国国家版本馆CIP数据核字（2024）第091215号

浙江省版权局
著作权合同登记章
图字：11-2024-319号

你好，忧愁
NIHAO，YOUCHOU

［法］弗朗索瓦丝·萨冈　著　林苑　译

出版发行	浙江人民出版社（杭州市体育场路347号　邮编　310006）
责任编辑	祝含瑶
责任校对	王欢燕
封面设计	一　九
电脑制版	书情文化
印　　刷	三河市中晟雅豪印务有限公司
开　　本	787毫米×1092毫米　1/32
印　　张	5.5
字　　数	76千字
版　　次	2024年10月第1版
印　　次	2024年10月第1次印刷
书　　号	ISBN 978-7-213-11468-7
定　　价	48.00元

如发现印装质量问题，影响阅读，请与市场部联系调换。

质量投诉电话：010-82069336

目

录

别了，忧愁

你好，忧愁

你镌刻在天花板的线条里

你书写在我热爱的眼眸中

你并非全是悲苦

因为最可怜的嘴唇也会将你揭发

用一个微笑

你好，忧愁

美好肉体之爱

爱之力量

温存从中涌现

像一头无身怪兽

神情沮丧

面孔美丽的忧愁

——［法］保尔·艾吕雅[1]《即刻的生活》

---

[1] 保尔·艾吕雅（Paul Éluard，1895—1952），法国诗人，超现实主义运动发起人之一。《即刻的生活》（*La Vie immédiate*）是其一部诗集。

Françoise Sagan

第
一
部
分

理想的话，

我打算过一种卑劣无耻的生活。

第一章

有一种未名的感情、烦恼和温情萦绕心头，我左思右想，不知是否该赋予它这个美丽又沉重的名字：忧愁。这种感情如此饱满，如此自私，几乎令我羞愧，然而一直以来忧愁在我眼里却是体面的。我从未品尝过忧愁的滋味，但烦恼、后悔或难得的内疚，我晓得是什么；如今，有种东西像丝绸一般包裹在我身上，恼人又惬意地，将我和其他人隔开。

那年夏天，我十七岁，非常幸福。"其他人"，指的是我父亲和他的情人艾尔莎。我得赶紧说明一下，不然当时的情况容易显得不真实。我父亲那时四十岁，当鳏夫十五年；他还算年轻，充满活力，浑身上下透着一切皆有可能的意味。两年前我结束寄宿生活的时候，没法不理解他有同居的女人。但我接受得没那么快的是，他每半年就要换一个！不过没多久，他的魅力，以及这种轻浮的新生活，加之我自己的秉性，让我接受了这一点。他是个轻盈的人，很会做生意，对什么事都充满好奇，却也容易厌倦，很讨女人喜欢。我很容易就爱上他了，对他满怀温情，因为他善良、慷慨、快活，也很爱我。没有比他更好、更能和我玩到一起的朋友了。那年初夏，他甚至体贴到问我能不能让他当时的情人艾尔莎和我们一起度假，她的陪伴会不会让我心烦。我只能表示赞同，我知道他需要女人，再说了，艾尔莎也不会让我们厌烦的。她是个高大的红发姑娘，半为尤物，半为交际花，在香榭丽舍大道的照相馆和酒吧里扮演不起眼的小角色。她为人友善、简单，没有那种把自己太当回事的自大。况且，度假这件事让父亲和我高兴都来不及，我实在没有理由反对任何要求。他在地中海边租了一栋白色的大别墅，与世隔绝，风光极美，从六月的第一股热浪袭来之时起，我们就已心向往之。房子建在海角上，俯瞰大海，一片小松林将其与马路隔开；一条羊肠小道向下延伸至一片金色的小海湾，周围一圈红色岩壁，大海便在其间荡漾。

头几天真是美妙极了。我们一连好几个小时待在海滩上，不堪酷热，皮肤渐渐镀上了健康的金色。除了艾尔莎，她浑身发红脱皮，痛苦至极。父亲做着一些复杂的腿部运动，试图摆脱那个初见端倪的、与他的唐·璜身份不相匹配的肚腩。天一亮我就下水，把自己浸入透明清凉的海水中，为了洗尽巴黎的所有阴影和灰尘，我胡乱扑腾，直到精疲力竭。我躺在沙滩上，随手抓起一把沙子，再任由金黄色的柔软沙流从我指间滑走。我心想它们就这样溜走了呀，像时间一样，又想这个念头多简单，有一些简单的念头真是令人惬意。那是夏天。

第六天，我第一次见到了西里尔。他驾着一艘小帆船沿着海岸线航行，在我们的小海湾前翻了船。我帮他收拾东西，一片笑声中，我得知他叫西里尔，是法律专业的大学生，他和他母亲在附近的一座别墅里度假。他长着一张拉丁人的面孔，皮肤呈棕褐色，很显亲切，有某种稳重的保护者般的气质，颇得我心。然而，对大学生我往往是唯恐避之不及的。他们粗鲁，心里只想着自己，惦念着自己的青春，那是他们悲剧话题的出处或强说忧愁的借口。我并不喜欢青春。比起大学生，我更偏爱父亲的朋友们，跟我讲话时彬彬有礼、温文尔雅的四十多岁男人，对我有一种父亲和情人般的温柔。但我喜欢西里尔。他高大，有时显得很帅气，一种让人信任的帅气。父亲对丑陋的相貌十分嫌恶，导致我们交往的常是些愚蠢之人。我虽然不见得完全赞同他，但我在外形毫无魅力可言的人面前总是感到尴尬，心不在焉。放弃取悦他人，在我看来是一种有失体面的缺点。毕竟，我们想要的不就是讨人喜欢吗？直到今天，我也不知道这种征服欲背后，是不是掩藏着过剩的精力和控制欲，或者暗地里有一种不可告人的需要，需要让自己放心，需要感到被支持。

西里尔离开时提出要教我驾驶帆船。我回去吃晚餐时，心里想的全是他，没怎么参与谈话，也没注意到父亲的烦躁。吃过晚餐，和以往的晚上一样，我们躺在露台的躺椅上。天空中星星点点。我看着星星，隐隐希望它们提早行动，即刻开始以坠落的弧线划破夜空。但那时候才七月初，它们纹丝不动。露台的砾石堆里，知了在唱歌。应该有几千只，它们沉醉在热气和月色里，如此整夜整夜地发出奇怪的叫声。有人告诉我它们只是在摩擦鞘翅，但我更愿意相信这支本能的喉鸣之歌跟发情期的猫叫是一个意思。我们很是惬意，只有夹在衬衣和皮肤之间的小沙粒替我阻挡阵阵袭来的温柔睡意。这时候，父亲轻咳了几声，从长椅上坐起身来。

"告诉你们，很快有人要来。"他说。

我绝望地闭上眼睛。我们多清净啊，竟然不能就这么清净下去！

"快告诉我们是谁。"艾尔莎喊道，她对社交活动总是如饥似渴。

"安娜·拉尔森。"父亲说着，扭头看我。

我看着他，惊讶得不知如何回应。

"我告诉她，如果那些时装系列把她弄得太累，她可以到这儿来，然后她……她要来了。"

我怎么都不会想到事情会这样。安娜·拉尔森是我那位可怜母亲的老朋友，跟我父亲联系甚少。不过，两年前，我离开寄宿学校的时候，父亲嫌我碍事，就把我送到她那里去了。一周之内，她教给了我穿衣和生活的品位。我对她生出的热切崇拜，被她巧妙地转嫁到她身边的一名年轻男子身上。她是最早让我一窥优雅的人，是我恋爱的启蒙，我对她甚是感激。作为一个四十二岁的女人，她非常迷人、精致，一张骄傲的脸总是带着疲惫和冷漠。人们唯一能指责她的，也只有冷漠了。她待人亲切，又给人距离感。她身上投射出来的坚定意志和内心的平静让我感到惶恐。尽管她离了婚，是个自由人，但从来没听说过她有情人。话说，我们交往的人也不一样：和她来往的都是些细腻、聪明、低调的人，和我们来往的则是些吵闹、贪婪之人，父亲只求他们好看、好玩。我觉得她应该有点看不起父亲和我，特别是我们贪图享乐的轻浮态度——她看不起一切过度的行为。能让我们聚在一起的，除了商务晚餐——她从事时装业，我父亲则在广告界——只有关于我母亲的回忆以及我的努力。虽然她让我感到惶恐，我还是对她崇拜至极。不过，如果考虑到艾尔莎的在场和安娜对教育的看法，这次突然到访就显得挺不是时候。

艾尔莎问了一堆关于安娜的社会地位状况的问题，之后就上楼睡觉去了。我单独和父亲在一起，我过去坐在他脚边的台阶上。他弯下身子，两只手搭在我肩上：

"你怎么瘦成皮包骨了呢，我亲爱的？你看起来像只小野猫。我想要一个漂亮的金发姑娘，壮一点的，有一对瓷珠子般的眼睛，还有……"

"问题不在这里，"我说，"你为什么要邀请安娜？她为什么要接受？"

"也许，她想来看看你的老父亲吧。谁知道呢。"

"你不是安娜感兴趣的那种男人的类型，"我说，"她太聪明、太自重了。还有艾尔莎——你想过艾尔莎吗？你能想象安娜和艾尔莎谈什么吗？反正我不能！"

"我没想过，"他承认道，"的确有些糟糕。塞西尔，我亲爱的，要不，我们回巴黎？"

他一面轻轻笑着，一面摩挲着我的脖子。我扭头看着他。他深色的眼睛闪着光，一些滑稽的细小皱纹在眼周延伸，他的嘴微微噘起。他看起来像只半羊人[1]。我开始和他一起笑，每次他自找麻烦都是这样。

"我的老伙计，"他说，"没有你我可怎么办？"

他的语气如此坚定又温柔，让我不禁想到，如果没有我，也许他真的会不幸。夜深了，我们聊起了爱情和爱的难题。在我父亲眼里，难题都是假想出来的。他一贯拒绝忠诚、庄严、诺言之类的概念。他说它们是专断的、无果的。换作别人说出这样的话，我可能会震惊，但在他身上，我知道这并不代表他排斥温柔和爱慕，恰恰因为他渴望，也知道它们短暂，所以温柔与爱慕更容易萌生。这个想法让我觉得诱人：急切的、强烈的、短暂的爱。在我的年纪，吸引我的不是忠诚。我只知道约会、亲吻、厌倦；关于爱情，我知道的还很少。

---

1 原文为"faune"，指罗马神话中半人半羊的精灵。

第二章

安娜一周内还不会来。我享受着最后的真正假期。别墅我们租了两个月，但我知道等安娜一到，就不可能有完全的放松。安娜一到，许多事情就会有界限，许多词语就会带上父亲和我刻意忽略的言外之意。什么是好品位，什么算得上精致，她有她的标准，我们无法不在她突然的退缩、受伤的沉默和不悦的脸色中窥见一二。这既刺激又累人，说到底还有些耻辱，因为我感觉她是对的。

她到的那天，父亲和艾尔莎决定去弗雷瑞斯[1]火车站

---

1 Fréjus，法国南部海滨城市，位于法国普罗旺斯－阿尔卑斯－蓝色海岸大区瓦尔省。

等她。我断然拒绝参与这次出征。父亲万般无奈，只好采光了花园里的菖兰，准备等她一下火车就送上去。我只是建议他最好别让艾尔莎捧着花。下午三点钟，他们走了之后，我就到海边去了。天气酷热难耐。我迷迷糊糊躺在沙滩上，直到西里尔的声音把我叫醒。我睁开眼睛：天空是白色的，热得一塌糊涂。我没搭理西里尔；我不想跟他说话，也不想跟任何人说话。我被夏天用全力摁进了沙子里，胳膊发沉，口干舌燥。

"你死了吗？"他说，"从远处看，你就像一片残骸，被抛弃了……"

我露出微笑。他在我身边坐下，我的心开始剧烈地怦怦跳动起来，因为他在坐下的时候，手轻轻碰到了我的肩。过去一周里，有十次，我"出类拔萃"的航海技术迅速把我们送入水底，我们抱在一起，我丝毫没感到异样。可是今天，只消这股热气和迷糊的睡意，加上这个笨拙的动作，就足以温柔地撕裂我身上的某样东西。我朝他扭过头去。他看着我。我开始了解他：他稳重、正直，也许和他的年龄不相称。所以我们的组合——这个奇怪的三人家庭——让他很不舒服。他从没对我说起过这些，因为他太善良或太腼腆，但我能从他斜着投向我父亲的带有敌意的目光中感觉到这一点。他可能更希望我因为这种奇怪的家庭关系感到折磨。可是我没有，眼下唯一折磨我的，是他的目光和我猛跳的心。他朝我俯下身来。我眼前重现这周的最后几天，我对他的信任和在他身边的松弛感。我感到遗憾，只为这张朝我凑过来的有些笨拙的伸长的嘴。

"西里尔，"我说，"我们原先多好啊……"

他轻轻地吻了我。我望向天空，然后就只看见紧闭的眼皮底下跳动的红光了。热浪，眩晕，初吻的味道，拉长的呼吸。一声汽车喇叭声响，我们像做贼一样弹开。我离开西里尔，一句话也没说，朝房子走去。我心里讶异，他们怎么这么快就回来了：安娜的火车应该还没到。然而我看到她就在露台上，刚从自己车里下来。

"这是睡美人的房子呀！"她说，"瞧你晒黑了好多，塞西尔！见到你真高兴。"

"我也是，"我说，"您是从巴黎过来的吗？"

"我还是觉得开车来好，累死我了。"

我把她带到她的房间里，打开窗，希望能瞟见西里尔的帆船，但他已经消失不见。安娜坐到床上。我注意到她的黑眼圈。

"这座别墅真是漂亮，"她低声说了一句，"房子的主人呢？"

"他和艾尔莎去火车站接您了。"

我把她的行李放到椅子上，一扭头，吓了一跳。她的脸突然走了样，嘴唇在颤抖。

"艾尔莎·马坎布尔？他把艾尔莎·马坎布尔带到这儿来了？"

我不知道该如何回答。我看着她，惊呆了。我见过的这张脸一向平静、克制，这会儿能让我多吃惊就有多吃惊。她透过我的话语勾勒出了画面，直勾勾地盯着我，最后她总算看到我了，于是扭头看向别处。

"我本来该先跟你说一声的，"她说，"但我迫不及待地要离开，我太累了……"

"那现在……"我下意识地接话。

"现在怎么了？"她说。

她的眼神里透着疑问和轻蔑，像是什么也没发生。

"现在您到了，"我一边傻兮兮地说，一边搓着手，"我很高兴您在这里，您知道的。我在楼下等您。如果您想喝点东西，吧台什么都有。"

我嘴里嘟囔着离开房间下了楼梯，脑子里很混乱。为什么她会有那样的脸色，为什么她的声音会颤抖，为什么会失态？我坐到长椅上，闭上眼睛，试图回忆安娜每张冷酷、镇定的面孔：讽刺的，自在的，威严的。这张脆弱的面孔让我感动又气恼。难道她爱着我父亲？她有可能爱他吗？他身上没有什么符合她品位的地方。他软弱、轻浮，有时候怯懦。也许只是因为旅途劳顿，情绪爆发？我花了一个小时做各种猜测。

下午五点，父亲和艾尔莎回来了。我看着父亲从车上下来，努力想弄明白安娜会不会爱他。他匆匆朝我走来，头微微往后仰。他在微笑。我想安娜很有可能爱慕他。谁都有可能爱上他。

"安娜不在车站，"他朝我喊道，"我希望她没从火车门掉下去。"

"她在房间里呢，"我说，"她开车来的。"

"真的？太棒了！那你还不去给她送花。"

"您还给我买花了？"安娜的声音传来，"真是太客气了。"

她从楼梯上迎下来，神情轻松，面带微笑，身上的裙子一点也不像经历过舟车劳顿的样子。想到她是听到了汽车声才下来，我心里有些难过，她本可以早点下来跟我说说话，哪怕聊聊我弄砸了的考试也行！不过想到不用提起失败的考试结果，我心里倒是好受了些。

父亲疾步走上前，对她行了吻手礼。

"我在月台上站了一刻钟，傻兮兮地咧着嘴，怀里抱着花。谢天谢地，您在这里！您认识艾尔莎·马坎布尔吗？"

我望向别处。

"我们应该见过，"安娜语气亲切，"我的房间真漂亮，雷蒙，谢谢您邀请我来，我真是太累了。"

父亲忙活起来。在他眼里，一切都好。他滔滔不绝，一瓶接一瓶地打开酒。但我脑子里一直来回闪现西里尔和安娜激动的脸，被激烈情绪打上印迹的脸。我开始怀疑，假期是否真的会像父亲说的那样简单。

第一顿晚餐吃得相当愉快。父亲和安娜聊他们共同的相识，虽然不多，但个个都是人物。我倒也听得开怀，直到安娜宣称父亲的合伙人是个小头症患者。这个人酒量非同一般，但人很亲切，父亲和我同他吃过几顿值得回忆的晚餐。

我表示反对："安娜，隆巴尔很搞笑。我见过他很有趣的时候。"

"你得承认他还是有些不足，就连他的幽默……"

"他那种智慧也许不常见，但……"

她打断我的话，一脸的宽容大度：

"你所说的智慧不过是年纪而已。"

我爱听她说话，她用词简练又确切。有些话在我听来透着机智和精妙，令我折服，哪怕我不能完全领会。听到她这句话，我恨不得拿出纸和笔记下来。我如实告诉安娜。父亲大笑：

"至少你倒是不记仇。"

我没法记仇，因为安娜没有恶意。我感觉她太冷漠了，她的评价没有恶意顺带的精确和尖刻，也因此更加掷地有声。

这天晚上，艾尔莎或不小心或故意，径直进了我父亲的房间，安娜似乎没有注意到。她给我带了一件她的时装系列里的粗毛线衫，但是不给我感谢她的机会。她觉得感谢的话很无聊，加之我的鸣谢词从来达不到我热情的高度，我也就不费那个劲儿了。

"我觉得这位艾尔莎很可爱。"在我离开之前，她说道。

她盯着我的眼睛，表情严肃，她在我身上寻找着一个她必须摧毁的念头。我必须忘了她早些时候的反应。

"是，是啊，她是个很有魅力的，呃，年轻姑娘，很亲切。"

看到我支支吾吾，她笑了起来。我很恼火地回去睡觉了。迷糊中，我还想到了西里尔，他说不定正在戛纳和女孩们跳舞呢。

我发现我在遗忘，在被迫忘记最根本的东西：大海的存在，它永不停歇的节奏，还有阳光。我也未能记起外省寄宿学校院子里的四棵椴树和它们的芳香。同样被遗落在记忆里的是火车站月台上我父亲的微笑——三年前，我从寄宿学校出来的时候，他笑得很尴尬，因为我头上编着麻花辫，还穿了一条难看的几近黑色的裙子。一进车里，他突然狂喜得意起来，因为我长着跟他一样的眼睛和嘴巴，我将会成为他最宝贵、最美妙的玩具。我那时候什么都不懂；他将带我见识巴黎、奢侈的世界和轻浮的生活。我想我当时的大部分乐趣都和钱有关：飙车的乐趣，买新裙子的乐趣，买唱片、买书、买花的乐趣。我还没有为这些轻浮的乐趣感到羞耻，我说它们轻浮，仅仅是因为我就是这么听说的。我可能会更轻易地否认我的悲伤和没有来由的情绪发作，为它们感到遗憾。但寻欢作乐是我性格里唯一符合逻辑的一面。也许我的书读得还不够？在寄宿学校里，我们不读书，只读教化人的课本。在巴黎我没时间读书：一下课，朋友们就拉我去电影院；他们诧异于我叫不上演员的名字。或者我们会在露天咖啡馆晒太阳；我享受着混入人群的乐趣，喝酒的乐趣，和某个人在一起的乐趣。他会看着你的眼睛，拉着你的手，把你从人群里拽走。我们在街上走啊走，走到家门口，然后他把我拉到一扇门下，吻了我：我初尝亲吻的乐趣。我不会给这些回忆贴上名字，无论是让、于贝尔，还是雅克。年轻女孩儿都知道这些名字。到了晚上，我一下子长大，陪同父亲一起参加各种聚会，我要么百无聊赖，要么去到一些鱼龙混杂的场合，我可以吃喝玩乐，或仗着我的年纪逗得别人乐。回家的时候，父亲往往会先送我到家门口，再去送某位女朋友。我听不到他在夜里回来。

我的意思不是说他有任何炫耀艳遇的迹象。他顶多也只是不对我隐瞒而已，更确切地说，他不向我解释什么，不说好话也不说假话，不在乎他和女朋友在家共进午餐的频率有多高，也不解释女朋友为何带了一堆细软行头住了进来……还好，都是临时的！无论如何，我不可能长时间忽略他和他那些"客人"的关系的性质，他无疑也在乎我的信任，于是不愿费工夫瞎编。他这手如意算盘打得很出彩。唯一的问题是，令我在一段时间内对情爱之事生出了玩世不恭的态度。在我的年纪，以我的经历，这些事情本该是愉悦多过惊人。我嘴里老爱念叨一些箴言，比如奥斯卡·王尔德的这句："犯罪是现代生活中唯一的亮点。"[1] 我把这句话当作自己的格言，对它笃信无疑，我想可能比真的去实践它还更笃信。它就像一则败坏的佳话美谈，我以为我的生活可以以它为标本，从中汲取灵感：我忘记了停滞的时间、现实的无常和日常的美好感情。理想的话，我打算过一种卑劣无耻的生活。

---

[1]　奥斯卡·王尔德（Oscar Wilde，1854—1900），出生于爱尔兰都柏林的英国作家。塞西尔这里引用的句子出自他的长篇小说《道连·格雷的画像》第二章。

第
三
章

第二天早上，斜射的炙热阳光洒满我的床，将我从略显混乱的奇异梦境中唤醒，我当时正在梦里挣扎着。半梦半醒之间，我用手捂住脸，试图抵挡这股固执的热量，但很快就放弃了。上午十点，我穿着睡衣下了楼，看到安娜在露台上翻阅着报纸。我注意到她化了完美的淡妆。她应该从来不会允许自己有真正的假期吧。安娜没注意到我，我便拿了咖啡和橙子，慢悠悠地坐到台阶上，开始享受早晨的美味：咬一口橙子，甜橙汁在嘴里四溅，再喝一口滚烫的黑咖啡，接着又是一口清凉的水果。我的头发被早晨的阳光晒得暖暖的，被单在皮肤上印出的褶子慢慢舒展开来。再过五分钟，我就去游泳。

但这时安娜突然开口，让我吃了一惊：

"塞西尔，你不吃东西吗？"

"早上我喝点就好了，因为……"

"你得多长几斤肉才像样。你的脸颊都凹进去了，肋骨那么明显。快去拿点面包片。"

我求她别逼我吃面包，她正要向我论证早餐是如此这般必不可少的时候，父亲穿着他华丽的波点睡袍出现了。

"多么迷人的一幕啊，"他说，"两个棕发小姑娘在阳光下讨论面包片。"

"哎呀，小姑娘只有一个！"安娜笑着说，"我可是跟您一般年纪呀，我可怜的雷蒙。"

父亲弯腰拉起她的手。

"还是那么嘴不饶人。"他温柔地说。我看到安娜的眼皮眨个不停，就像得到意外的爱抚似的。

我趁机溜掉。楼梯上，我碰到了艾尔莎。她显然刚从床上起来，眼皮浮肿，被晒得发红的脸上嵌着一张苍白的嘴。我差点拦住她，告诉她安娜在下面，妆容得体而整洁。安娜晒太阳会有分寸，不会晒伤。我原本想给她提个醒，但她估计会误会我的意思：她二十九岁，比安娜小十三岁，在她看来这是最大的王牌。

我拿了泳衣，跑向小海湾。没想到，西里尔已经在那里，坐在他的船上。他一脸严肃地向我走来，拉起我的双手。

"昨天的事，我想向你道歉。"他说。

"是我的错。"我说。

我丝毫不觉得有什么难堪，所以他郑重其事的表情让我费解。

"我很自责。"他一边接着说，一边把船往海里推。

"没什么。"我欢快地说。

"不，有的！"

我已经在船上了。他站着，海水漫过他的膝盖，他双手扶着船舷，像站在法庭上的围栏里。我明白了，不把话说完他是不会上船的，于是我动用了全部注意力，看着他。我熟悉他的脸，能看出一些端倪。我想他二十五岁了，大概觉得自己是个感情骗子，这个念头让我发笑。

"别笑,"他说,"你知道吗,昨晚我很自责。没有什么能保护你不受到我的伤害;你父亲,那个女人,真是好榜样……我也许是世界上最浑的浑球,事情也还会一样;你可能还是会相信我……"

他一点也不可笑。我感受到了他的善意,感到他愿意爱我,而我也愿意爱他。我用胳膊搂住他的脖子,用我的脸颊贴着他的脸颊。他的肩膀很宽,坚实的身体贴着我的身体。

"西里尔,你真好,"我低声说道,"我会把你当成哥哥。"

他佯装生气地轻哼了一声,双臂抱住我,把我从船上轻轻拽了下来。他紧紧地抱着我,我双脚离地,头搭在他肩上。我爱他,在这一刻。早晨的光在他身上洒满金色,他那么体贴、温柔,我也一样。他保护着我。当他的嘴唇开始寻找我的嘴唇,我激动得微微颤抖,他也一样。我们吻得坦荡,没有自责和内疚,只有深深的探求和断断续续的呢喃。我挣脱他的双臂,朝漂走的船游去。我把脑袋扎进水里，任凭清凉的海水洗刷，把我唤醒……水是绿色的。我感到心中充盈着幸福，一种完美的无忧无虑。

上午十一点半，西里尔走了，父亲和他的女宾们出现在羊肠小道上。他走在她们俩中间，一会儿伸手扶这个，一会儿伸手搀那个，自然而优雅的动作非他莫属。安娜身上还披着浴衣，在众目睽睽之下，她大大方方地褪去浴衣，躺了下来。纤细的身材，完美的腿，唯一的不足的是皮肤稍微缺点光泽。这背后无疑是长年的保养和呵护。我下意识地扬起眉毛，朝父亲投去赞许的目光。没想到他闭上了眼睛，没搭理我。可怜的艾尔莎状态糟糕，浑身涂满了油。我心想，用不了一星期，父亲就会……

安娜扭头向我："塞西尔，你在这儿怎么起这么早？在巴黎，你可都是要睡到中午呢。"

"在巴黎要写作业，"我说，"把我累坏了。"

她没笑。她只有在真正想笑的时候才笑，不像其他人，会露出礼节性的微笑。

"你的考试呢？"

"砸啦！"我答得理直气壮，"砸得一塌糊涂！"

"十月你可得好好考，必须考过！"

"为什么？"我父亲插话了，"我可从来没拿过什么文凭！我的日子过得也很舒坦嘛。"

"您有您的第一桶金。"安娜提醒。

"我女儿身边少不了养她的男人的。"父亲说得堂堂正正。

艾尔莎笑了起来，然后在我们三人的注视下止住了笑声。

"这个假期，她必须好好学习。"安娜说着闭上了眼睛，以示对话结束。

我朝父亲投以绝望的目光，他则以一个尴尬的微笑勉强回应着。我仿佛看见自己戳在一页页的柏格森[1]前，白纸黑字那么刺眼，西里尔的笑声从下面传来……这个念头让我心生恐惧。我爬到安娜身边，轻轻地唤她。她

1　亨利·柏格森（Henri Bergson，1859—1941），法国哲学家、作家，1927 年诺贝尔文学奖得主。

睁开了眼。我趴在她面前，一副忧心忡忡的样子，脸上写满哀求。我使劲把脸颊往里嗫，让自己看起来更像一个过度劳累的脑力工作者。

"安娜，"我说，"您不会让我这样吧，在这么热的天学习……假期里我本可以好好休息的……"

她盯着我看了片刻，接着露出神秘的微笑，扭过头。

"我就是得让你'这样'……哪怕像你说的，这么热的天。以我对你的了解，你可能会怨上我两天，然后，你就能通过考试。"

"有些事情，有些人就是办不到。"我一本正经地说。

她看了我一眼，眼神里既有愉快又不乏傲慢。我重新躺回沙子里，担心极了。艾尔莎在大谈特谈沿海的各种庆祝活动，但父亲并没有听她说话，他正处在他们三人的身体形成的金字塔塔尖。他盯着安娜趴着的身影和她的肩膀，目光带点呆滞，有我所熟悉的无所畏惧。他的手在沙堆里张开又合拢，动作规律且温柔，不知疲倦。我朝海边跑去，一头扎进海里，哀叹着我们本可以拥有、但如今注定要化为泡影的假期。我们具备了悲剧的所有元素：一枚浪子，半朵交际花，一个有头脑的女人。我瞥见海底有块漂亮的贝壳，粉蓝夹杂的，像块石头。我潜到海底把它捞起，攥在手里，一直攥到吃午餐的时候。它被磨得光光的，手感很温润。我认定它会是我的护身符，这个夏天我要一直把它带在身边。我总是丢三落四，但不知道为什么，这块贝壳我没弄丢。此刻它就在我手里，粉色的，温热的，它让我想哭。

第四章

在接下来的几天里，让我最惊讶的，是安娜对艾尔莎极端友好的态度。不管艾尔莎说了什么"熠熠生辉"的蠢话，安娜都没表态，她是知道怎么用短短一句话就让艾尔莎出尽洋相的。我很赞赏她的耐心和宽容，但我没意识到这里面也是暗藏心机的。事实上，如果她老让艾尔莎难堪的话，我父亲应该很快会厌倦这种残忍的小游戏。于是正相反，他对安娜很是感激，又不晓得该如何表达。感激其实也不过是个借口。没错，他对她说话都是毕恭毕敬的，好像她是他女儿的第二位母亲。他甚至滥用这张牌，不停地把我往她的羽翼下塞，让她觉得我之所以成为今天的我，她也有责任。似乎这样能把她拉近，能让我们之间的关系更密切。但他看她的眼神和面对她的一举一动里，有那种不了解这个女人但又很想一探究竟的意味——在肉体方面。我有时也会突然发现西里尔对我的关注里有同样的意味，这让我既想逃走，又想挑逗他。在这一点上我应该比安娜更容易动摇：她对我父亲表现得很冷淡，那是一种平静的友好，让我很放心。我甚至觉得她刚来那天我应该是弄错了，我也没发现这种不含暧昧的友好让我父亲兴奋过头。尤其是她的沉默……多么自然、多么优雅的沉默。她的沉默和艾尔莎停不下来的叽叽喳喳形成某种鲜明的对照，就像阳光和阴影。可怜的艾尔莎……她真的没觉得有什么不对劲，她还是一如既往地咋咋呼呼，活泼好动，依然是那副被太阳晒旧了的样子。

不过有一天，她应该是从我父亲的眼神里截获了信息，明白了些什么。午餐时，我看见她在他耳边窃窃私语。片刻之后，他先是气恼，有些惊讶，然后微笑着同意了。到了喝咖啡的时候，艾尔莎站了起来，走到门口，转身朝我们露出倦怠的表情，在我看来那真是十足的美国电影做派。接着，她张口了，话语间恨不得把她十年来积攒的妩媚都抖出来：

"雷蒙，您来吗？"

父亲站起来，几乎红着脸，一边跟着她走一边说着午休的好处。安娜一动不动，香烟在她的指间燃烧。我自觉有义务说点什么：

"人们总说午休能让人得到休息，我怎么觉得这种说法不对……"

我意识到自己话中有话，话一出口就打住了。

"拜托。"安娜干巴巴地说。

她甚至都没有理会话的本意，就立马听出了玩笑的低级。我看着她。她的脸上有一种刻意的平静和放松，让我动容。也许，在那一刻，她强烈地嫉妒着艾尔莎。为了安慰她，我心里有了一个无耻的念头——所有无耻的念头都让我兴奋，这个也不例外。它们会给我某种自信，某种与我自己才有的默契，令我狂喜。我不由自主地大声说：

"看看艾尔莎晒伤成那样，这种午休想必不怎么惬意，不管对谁来说。"

我其实更应该闭上我的嘴。

"我讨厌这种想法，"安娜说，"在你的年纪，这不只是傻，这简直让人受不了。"

我一下子恼了："我只是说笑而已，抱歉。我敢肯定他们其实高兴得很。"

她扭头看我，一副受够了的样子。我立刻道歉。她闭上眼睛，开始低低地说，语重心长：

"你把爱情想得有点过于简单了。爱情不是一连串毫不相干的感觉在走过场……"

我想我所有的恋爱都是如此。一张面孔、一个动作或一个吻突然引发的内心悸动……心花怒放的瞬间，没有任何连贯性，这就是我关于爱的所有记忆。

"爱情是另外一回事，"她说，"有始终如一的温柔，有甜蜜，有挂念……是你无法理解的东西。"

她的手随意地甩了一下，拿起一张报纸。我宁愿她发火，宁愿她面对我贫瘠的情感荒原时，能打破这种听天由命的冷漠。我想她是对的，我活得像头动物，被别人牵着鼻子走，我是个可怜的软蛋。我鄙视自己，这让我极其痛苦，因为我不习惯，可以说我不评价自己，不觉得好也不觉得坏。我上楼回到房间里，开始胡思乱想。身下的床单是温热的。我还能听见安娜的话："这另外的东西，就是挂念。"我真的挂念过谁吗？

我想不起来这十五天来发生的大小事件。我已经说过，我不想看见任何确切的威胁。接下来的假期，我当然记得，因为我调动了所有注意力，想象了所有可能性。但是这三个星期，总体而言幸福的这三个星期……是哪一天我父亲不加掩饰地盯着安娜的嘴？是哪一天他佯装嘲笑她的冷漠实则在高声指责？又是哪一天他一本正经地拿安娜的细腻和艾尔莎的笨拙做比较？我的高枕无忧其实建立在一个很愚蠢的想法之上，我总觉得他们认识十五年了，要爱早该爱了。"而且，"我对自己说，"如果事情真的发生了，我父亲顶多爱她三个月，而这只会给安娜留下几段充满激情的回忆和一点耻辱感。"然而，难道我不知道安娜不是能被谁这样轻易抛弃的女子吗？但此时西里尔出现了，他足以占据我的头脑。夜晚，我们经常一起去圣特罗佩的夜店里跳舞，我们在有气无力的单簧管伴奏下一边跳着，一边你侬我侬地说着情话，说了什么第二天我就忘了，但当时是那么甜蜜。白天，我们绕着海岸玩帆船。父亲有时会和我们一块儿。他很欣赏西里尔，尤其是在西里尔让他赢了一场自由泳比赛之后。他喊他"我的小西里尔"，西里尔则喊他"先生"，但我在心里疑惑他们俩到底谁是成年人。

一天下午，我们去西里尔母亲家喝茶。老太太温和平静，笑眯眯的，向我们诉说当寡妇的不易和身为人母的难处。父亲一边表示同情，一边向安娜投去感激的目光，又对老太太大加赞赏。我得承认，他从来都不怕浪费时间。安娜面带亲切的微笑观看着眼前这场演出。回去之后，她宣布，老太太很迷人。我脱口而出对这类老妇人的诅咒。他们扭头看向我，一副被逗乐但又很宽容的样子。我一下子怒火中烧：

"你们没看出来她对自己很满意，"我喊道，"她自我感觉良好，是因为她觉得自己履行了义务，而且……"

"对啊，"安娜说，"按老话说，她是履行了自己作为母亲和妻子的义务啊。"

"那作为婊子的义务呢?"我说。

"我不喜欢粗鲁的说法,"安娜说,"反话也不行。"

"这不是反话。她结了婚,跟所有人一样,因为她想结婚,或者因为结婚这件事情可行。她有了个孩子,你们知道小孩是怎么来的吗?"

"估计没你知道得多,"安娜讽刺道,"我略知一二。"

"所以她就把这个小孩养大了。她给自己省去了婚外情的焦虑和麻烦。她过了和其他成千上万的女人一样的生活,而且她以此为傲,你们懂的。她一直就在年轻的资产阶级少妇和母亲的位置上,从没有要挪移半步的意思。她自豪,是因为她没干过这个事或那个事,而不是因为她完成了什么事。"

"这没有多大意义。"父亲说。

"这是个陷阱,"我大喊,"人们会说'我履行了义务',因为他们什么也没做。以她的出身,她要是变成站街女,那才算是了不起。"

"你的想法很时髦，但没什么价值。"安娜说。

也许是的。我确实相信我说的话，但这些话确实也是我听来的。不过，我的生活，还有我父亲的生活，却是这一理论的实例。安娜如此鄙视，这让我很受伤。人可以醉心于某件事，也就可以沉迷于无聊的事。但安娜没把我当作有思想的人看待。我觉得我必须指正她，这件事很迫切，很重要。我没想到机会会那么快到来，也没想到我能抓住。话说回来，我也承认，一个月后，我对某件事情也许会有完全不同的看法，我的信念总是来去匆匆。我如何能成为一个了不起的人？

第五章

　　然后，有一天，一切就结束了。某天早上，父亲决定了，当晚我们去戛纳，去那儿玩耍、跳舞。我还记得艾尔莎心花怒放。赌场是她如鱼得水的地方，她想着在那里能恢复她致命美人的光环，毕竟，这一光环在被太阳灼伤之后，也在我们半与世隔绝的日子里变得暗淡。和我料想的相反，安娜并没有反对这样的凡俗乐事，她甚至还显得挺高兴的。这样一来，就没什么可担心的了。晚餐一结束，我就回房间换裙子。我唯一的一身晚礼服，是父亲给我挑的；裙子的布料有些异域风情，可能穿在我身上有点太过了。也许出于自己的喜好，也许是习惯，父亲总是一厢情愿地把我往致命美人的路子上打扮。我下楼看到他穿着一身崭新的无尾礼服，容光焕发，我伸手搂住他的脖子。

"你是我认识的最美的美男子了。"

"除了西里尔。"他说的话自己都不信，"你呢，你是我认识的最美的姑娘。"

"但排在艾尔莎和安娜之后。"我说的话自己也不信。

"既然她们竟敢让我们等着，迟迟不来，你不如来和你有风湿病的老父亲跳个舞。"

我又感受到每次我们出门玩之前的那种蠢蠢欲动的愉悦。他真的没有半点老父亲的样子。我和他跳着舞，闻着他身上熟悉的古龙水混着体温和烟草的香气。他踩着有节奏的舞步，眼睛半闭，嘴角挂着幸福的笑意，难以抑制，如同我的微笑。

"你得教我爵士舞。"他说着，已然忘了他的风湿病。

他停下舞步，上前去迎接艾尔莎，嘴里无意识地嘟囔着一些恭维话。她身穿一条绿色的连衣裙，缓缓走下楼梯，她的笑有种交际花看透一切的意味，那是她的赌场之笑。她把被太阳晒成干草的头发高高梳起，把晒伤的皮肤绷得紧紧的，这样的努力是值得称道的，但未必高明。还好她自己似乎没意识到。

"我们走吗？"

"安娜还没来。"我说。

"上去看她准备好了没有，"父亲说，"到戛纳都该半夜了。"

我拉扯着有些碍事的裙子爬上楼梯，敲了敲安娜的房门。她对我喊"进来"。我止步在门槛处。她身穿一条灰色的连衣裙，一种罕见的灰，几乎发白，俘获所有投射过去的光，有点像黎明时分的海面的某些色调。这天晚上，成熟女人的所有韵味集于她一身。

"太漂亮了！"我说，"哦，安娜，这条裙子简直了！"

她对着镜子莞尔一笑，好像即将告别镜中人似的。

"这款灰色很出彩。"她说。

"出彩的是'您'。"我说。

她捏住我的耳朵，看着我。她的眼睛是灰蓝色的。我看到它们亮了起来，笑意盈盈。

"你真是个可爱的小姑娘，虽然有时候挺烦人的。"

她从我身旁走了过去，没有对我的裙子发表评论，我既庆幸又气恼。她走在我前面下楼，我看到父亲迎上来。他驻足在楼梯口，一只脚踩在第一级楼梯上，朝她仰着脸。艾尔莎也看着她下楼。这一幕我记得一清二楚：近景，在我面前，是安娜金色的颈背和完美的肩；稍微往下，是我父亲神魂颠倒的脸，他的一只手朝她伸出来；而艾尔莎的身影，已经走向远处。

"安娜，"父亲说，"您真是美极了。"

她微笑着从他身旁走过，拿过大衣。

"咱们那边见，"她说，"塞西尔，你跟我一起？"

她把方向盘留给我掌控。一路夜色如此迷人，我开得很慢。安娜一言不发。她好像连收音机里躁动的小号都没注意到。当父亲的敞篷车在弯道超过我们时，她也面无表情。我自觉已经被三振出局，这场戏我无法再插手干预。

在赌场，多亏了父亲的高明手段，我们飞快地失散了。我到了酒吧，跟艾尔莎和她的一个相识一起，一个半醉的南美人。他是搞戏剧的，尽管已经喝成半醉，说起戏剧依然热情不减。我和他待了将近一小时，甚是愉快，但艾尔莎觉得无聊。她叫得上一两个戏剧大咖的名字，但技术类的话题她一点兴趣也没有。她突然问我父亲在哪儿，好像我知道些什么似的，然后就走了。南美人显出片刻的忧伤，但一杯威士忌下肚，他又来了精神。出于礼貌，我陪他喝了几杯，已经飘飘然，脑子里什么也不想。当他提出要跳舞，事情变得越发可笑。我不得不拦腰扶抱着他，还得时时留神着把我的脚从他脚底下抽出来，这消耗我很多体力。我们笑得如此开怀，以至于当艾尔莎拍了拍我的肩，我扭头看见她那副大事不妙的样子的时候，我简直想送她去见鬼。

"我找不到他们。"她说。

她神情沮丧，脸上的妆已经掉了，整个脸油光发亮，显得很疲惫，一副可怜兮兮的样子。一时间，我对父亲气不打一处来。难以想象，他竟然如此失礼。

"啊！我知道他们去哪儿了，"我笑着说，好像事情再自然不过，她本不必担心，"我马上回来。"

南美人失去了我的扶持，跌到了艾尔莎怀里，不过这好像也正合他心意。我想到艾尔莎还是比我丰满许多，我也不能怨南美人，心里有些难过。赌场很大：我跑了两圈也没找到人。我又跑去露台找，最后才想到汽车。

我在园子里找了好一会儿才找到车。他们在车里。我从车尾靠近，透过车后窗玻璃看见他们。我看到了他们的侧面，挨得很近，很严肃的样子，在路灯灯光中有一种奇特的美。他们互相看着对方，说话声应该压得很低，我看见他们的嘴唇在动。我很想走掉，但想到艾尔莎，我一把拉开车门。

父亲的手扶着安娜的胳膊，他们几乎连看都不看我。

"你们玩得开心吗？"我客气地问。

"怎么啦？"我父亲面露愠色，"你在这里做什么？"

"你们呢？艾尔莎到处找你们，找了一个小时。"

安娜扭头对我说，说得很慢，好像有些不情愿：

"我们要回去。告诉她，我很累，你父亲送我回去了。等你们玩够了，就开我的车回去。"

我气得发抖，开始语无伦次。

"等我们玩够了！您知道自己在说什么吗？真恶心！"

"怎么恶心了？"我父亲很是惊讶。

"你带了个不经晒的红发姑娘去海边晒太阳，等她被晒脱皮了，你就把她抛弃了。这也太容易了！你让我怎么跟艾尔莎说？"

安娜露出厌倦的表情，转回头看我父亲。他对她笑了笑，对我的话置若罔闻。我忍无可忍：

"我……我要告诉她，我父亲找到了另外一位女士和他睡觉，让她回头再来，是吗？"

父亲咆哮起来，安娜的耳光几乎同时落下。我赶紧把脑袋缩回来。她把我打得好疼。

"快道歉。"我父亲说。

我呆立在车门旁，脑子里乱麻一团。得体的仪态在我这里总是来得太晚。

"过来。"安娜说。

她看起来并不像在恐吓我，我走上前去。她伸手捂着我的脸颊，轻声细语、慢慢地跟我说话，好像我是个傻子似的。

"别说这么恶毒的话，我对艾尔莎很抱歉。但你是个伶俐的人，能把这事处理好的。明天我们再解释。很疼吗？"

"您以为呢。"我客气地回答。这份突如其来的温柔，加上刚才我爆发过头的怒火，让我很想哭。我看着他们走掉，感到自己被完全掏空。唯一的安慰，是"我很伶俐"这个念头。我拖着脚步回到赌场找到了艾尔莎，南美人正紧紧地抱着她的胳膊。

"安娜不舒服，"我轻描淡写地说道，"父亲不得不送她回去。咱们喝点什么吗？"

她看着我，没有作声。我寻找着一个可信的理由。

"她恶心、呕吐，"我说，"好可怕，她的裙子都被吐脏了。"

我觉得这个细节已经不能更真实可信了，但她还是哭了起来，轻轻地，悲伤地。我望着她，不知所措。

"塞西尔，"她说，"噢，塞西尔，我们原先多好啊……"

她抽泣得更厉害了。南美人也开始哭，边哭边念叨："我们原先多好啊，多好啊……"那一刻，我憎恶安娜和父亲。我愿意付出一切代价，让艾尔莎止住泪水，让她的睫毛膏不要花掉，也让这个南美人不要再抽泣。

"艾尔莎，事情还不知道会怎么样呢。和我一起回去吧。"

"我会很快回去收拾行李的，"她抽泣着说，"再见，塞西尔，我们本来还挺合得来。"

我和她之间的话题从来只有天气和时尚，然而，我却好像要失去一个老朋友了。我猛然转身，一口气跑回车里。

第
六
章

　　第二天的早晨好痛苦，八成是因为头天晚上的威士忌。醒来时，我横在自己床上，四周幽暗，我口干舌燥，软绵绵的四肢泡在一种难受的微湿之中。一缕阳光透过百叶窗的缝隙照进屋里，灰尘排成密密麻麻的横排向上翻腾。我既不想起床，也不愿赖在床上。我心里在想，不知道艾尔莎回来了没有，安娜和我父亲今天早上又会是什么脸色。我强迫自己去想他们，这样我才能从床上爬起来而意识不到自己为此付出了努力。我做到了，我总算双脚站在冰凉的地砖上，身子发虚，脑袋晕乎乎的。我扶着镜子，望着它投出来的悲伤映像：镜中人眼泡浮肿、嘴唇肿胀，这张陌生的脸，竟是我的脸……我是否会因为这片肿起的嘴唇，这失调的比例，这些可憎的、专横的限制而变得软弱和胆怯？如果我真的能力有限，我又怎么能违背自己的意愿，如此清楚地意识到呢？我试着讨厌自己，聊以自乐。我恨这张野兽一样的面孔，它因为放荡而变得凹陷、憔悴。我暗暗重复着这个词："放荡。"我看着自己的眼睛，突然，我看到自己笑了。是啊，有多放荡：几杯苦酒、一个耳光和几声啜泣。我刷了牙，下了楼。

父亲和安娜已经在露台上，他们面对着早餐盘坐着，挨得很近。我朝空气中喊了一声"早"，坐到他们对面。我不好意思看他们，他们也不说话，逼着我抬起眼睛。安娜面露倦色，这是激情一夜的唯一证明。他们俩都面带微笑，很幸福的样子。我大为触动：一直以来，我总觉得幸福是一种肯定，一种成功。

"睡得好吗？"父亲问。

"就那样，"我答道，"昨晚威士忌喝多了。"

我给自己倒了杯咖啡，尝了一口，很快又放下。他们的不言不语中有某种气场和等待让我不自在。我太累了，没法再忍下去。

"发生什么事了？你们看起来神神秘秘的。"

父亲故作镇定地点了一支香烟。安娜看着我，头一次流露出明显的尴尬。

"有件事想问你。"她终于开口。

我做最坏的打算："要派我去艾尔莎那里执行新任务？"

她扭转头，往父亲身边靠去。

"你父亲和我，我们想结婚。"她说。

我怔怔地看着她，随后又看向父亲。有一分钟的时间，我在等着他给我一个暗示，使个眼色，这可能会惹我生气，但也能让我安心。但他只盯着他的手。我对自己说："这不可能。"但我已经明白了，这是真的。

"这是个很好的主意。"为了速战速决，我如此回应道。

我无法理解：我的父亲，如此顽固地反对婚姻和枷锁的父亲，在一夜之间决定……我们的生活将就此改变。

我们会丧失独立。我隐约窥见三人的生活，因为安娜的智慧和精致突然变得四平八稳的生活，也是我羡慕的她过着的那种生活。聪明又讲究的朋友，愉悦又安静的晚间聚会……我忽然鄙视起那些闹哄哄的晚餐，那些南美人，那些艾尔莎。优越感和自豪感涌上我心头。

"这是个非常、非常好的想法。"我又说了一遍，向他们露出微笑。

"我的小猫咪，我就知道你会高兴的。"父亲说。

他很放松，喜形于色。爱的疲惫重塑了安娜的脸，让它看起来比以往任何时候都要更平易近人、更温和。

"过来，我的小猫。"我父亲说。

他伸出双手，把我拉到他身边，我靠着他、挨着她。我半跪在他们跟前，他们则温情脉脉地望着我，抚摩着我的头。至于我，我心里不停在想，也许此刻我的生活就要掉转方向，但在他们眼里我的确不过是只小猫，一只他们喜爱的小动物。我感到他们在我之上，他们之间系结着一个过往和一个未来，还有一些我不知道的千丝万缕的联系，但我感觉自己无法被牵系。我故意闭上眼睛，脑袋靠在他们膝上，和他们一起笑，重新投入我的角色。话说回来，难道我不幸福吗？安娜是个很好的人，她一点也不小家子气。她会指引我，不管发生什么，她会给我指明道路。我会成为一个完善的人，父亲也会，和我一起变得完善。

父亲起身去拿香槟。我心中感到一丝厌恶。他幸福得很，这自然是最要紧的，但他因为一个女人而幸福的样子，我见过太多次了……

"我本来还有点怕你。"安娜说。

"为什么？"我问。

听她这么一说，就好像我刚才如果投了否决的一票，他们的婚就结不成了一样。

"我担心你怕我。"说完，她笑了起来。

我也笑了起来，的确，我有点怕她。她是在表示她知道，但其实没必要怕她。

"你会不会觉得荒唐，老家伙们还要结婚？"

"您不老。"我用最信誓旦旦的口气答道。父亲踩着舞步回来了，胳膊底下夹着一瓶香槟。

他在安娜身边坐下，伸出胳膊揽住她的肩。她倾身往他身上靠去，这个动作让我不自觉地转移视线。这大概就是她想嫁给他的原因吧：他的笑，他这双坚实的、让人安心的臂膀，他的活力，他的热烈。四十岁，对孤独的恐惧，兴许是肉欲最后的进击……我从来没把安娜看成一个女人。我把她看成一个整体：一个集自信、优雅、智慧于一身的整体，从来不见她的性感和软弱……我明白父亲的自豪：骄傲、冷漠的安娜·拉尔森要嫁给他了。他爱她吗？他能一直爱她吗？我是否能看出他对安娜的温存和对艾尔莎的温存有什么不一样？阳光让我变得迟钝，我闭上眼睛。我们三个人就这样在露台上，谁也不说话，心中有各自的不安和幸福。

艾尔莎那几天没有回来。一星期很快过去了。幸福、惬意的日子只有这七天。我们勾画了一些复杂的室内陈设蓝图和时间表。父亲和我从没制定过这种时间表，出于无知，倒是乐于把它们排得紧凑到近乎艰难。再说了，我们真的信吗？每天中午十二点半到同一地方吃午饭，晚上回家吃饭，然后待在家里，父亲真的认为这可能吗？然而他就这样欢快地埋葬了波希米亚，宣扬秩序，鼓吹优雅的、有条不紊的中产生活。对他也好，对我也罢，这一切大概还都只是精神上的建设。

直到今天，我依然乐意挖掘关于这个星期的记忆来考验自己。安娜状态放松，自信满满，极其温柔，我父亲爱着她。我看着他们早上搂抱着下楼，有说有笑，眼圈发黑，我发誓，我真的愿意这样的场面持续一辈子。晚上，我们经常到海边去，找个露天的地方喝个开胃小酒。所到之处，人们都当我们是一个美满的正常家庭，原先我总是单独和父亲外出，看惯了人们嘴角的笑意，见多了不怀好意或怜悯的眼神，我为自己能重新扮回跟我的年龄相称的角色感到高兴。假期一结束，婚礼将在巴黎举行。

可怜的西里尔眼看着我们内部的角色转变，无不愕然。不过这个合法的结局倒是让他满意。我们一起驾驶帆船，想接吻就接吻。有时候，当他的嘴唇贴上我的嘴唇，我脑海中会浮现安娜的脸，一张略显憔悴的早晨的脸，夜里的激情让她的举手投足透出几分迟钝，有种幸福的无精打采，我有些嫉妒。亲吻变得乏味，如果西里尔少爱我一点的话，我大概在那一周就会成为他的情人。

下午六点，我们从小岛回来，西里尔把船往沙滩上拉。我们一起穿过小松林回别墅，为了暖和身子，我们发明了印第安人和牛仔的游戏，玩起让步追逐赛。他往往能在到达房子之前抓住我，扑到我身上高呼胜利，然后把我扑倒在松针里，擒住我的手，亲吻我。我仍然记得这气喘吁吁的一通乱吻，还有西里尔的心跳连同我的心跳，与沙滩上一波波的海潮唱和着。心怦怦跳着，一、二、三……沙滩上柔和的海浪声，一、二、三……他喘了一口气，接着他的吻变得准确、细密，我听不见大海的声音了，我耳边只有自己的血液细碎又持续的涌动声。

有天晚上，安娜的声音把我们分开了。当时西里尔正紧挨着我，我们半裸着身子躺在如血残阳的光影中。我能明白安娜觉得这样太过分，她喊了我的名字，声音短促有力。

西里尔"腾"的一下起了身，自然有些难为情。我看着安娜，慢慢地坐起来。她转脸面对西里尔，一字一顿地说，就像眼里看不见他似的——

"我不想再见到您。"她说。

他没有接话，只是弯下身子吻了我的肩，然后就走开了。这个动作让我惊讶，也让我感动，它像一个承诺。安娜盯着我，一脸严肃和冷漠，好像她正在想别的事情。我恼火了：如果她想的是别的事情，那她就不该嚷嚷。我朝她走过去，装出尴尬的样子，纯属客套。她机械地抹掉粘在我脖子上的一根松针，好像这下才真的看着我了。我看见她又戴上了她那张轻蔑的优雅面具，这张写满厌倦和责难的面孔使她显得尤为好看，也让我有些害怕。

"你应该知道这样玩下去的结局往往是进医院。"她说。

她站着跟我说话，眼睛盯着我，我甚觉烦躁。她是那种能站直了说话而且保持身体纹丝不动的人；而我，则需要一张安乐椅，一样可以让我抓住的东西或一根香烟来把我从窘境中解救出来，我得把一条腿晃悠起来，得看着它晃悠……

"别说得那么夸张，"我笑着说，"我们只是接了个吻，不至于就要进医院……"

"请不要再和他见面了，"她好像根本不相信我说的话，"别不同意。你才十七岁，我还是有责任管管你的，我不会让你糟蹋自己的未来。再说了，你有功课要做，每天下午有的是事情。"

说完，她就转过身，踩着漫不经心的步子朝房子走去了。我沮丧得迈不开腿。她说的就是她所想的。而我的理由，我的否认，她用这种比轻蔑还糟糕的无动于衷给抹到一边去了，就好像我不存在，好像我不是我，不是那个她认识了很久的塞西尔。如此惩罚我，她本该也会心痛，然而我只是一样该被毁灭的东西。父亲是我唯一的希望。他估计会说和原先一样的话："我的猫咪，这个男孩是个什么样的人？他至少得是个干净好看的小伙吧？你要小心流氓哦，我的小姑娘。"他得往这个方向回应，不然我的假期就玩完了。

晚餐像场噩梦。安娜并没有对我说："我不会告诉你父亲，我不是爱打小报告的人，但你得答应我要好好学习。"这种算计要挟的手段不像她的风格。我既庆幸又怨恨，怨她没有给我瞧不起她的机会。她没有出过错招，自然也没有走错这一步，只是在喝完汤之后，她方才像突然记起这桩事情似的。"雷蒙，我希望您给您女儿一些审慎的建议。我今晚在小松林里看见她和西里尔在一起，玩得很起劲的样子。"

我可怜的父亲，他试着把这事当玩笑：

"您说什么？他们在干什么来着？"

"我们在接吻，"我大声嚷嚷，"安娜以为……"

"我什么也没以为，"她打断了我的话，"但我认为她最好一段时间内不要再和他见面，最好花点时间在哲学功课上。"

"小可怜哟，"父亲说，"这个西里尔毕竟是个挺好的男孩，对吧？"

"塞西尔也是个好女孩，"安娜说，"所以我才不希望有什么意外发生在她身上，那会让我痛心。她在这里拥有百分之百的自由，这个男孩又天天陪她一起，两个人无所事事、游手好闲，我看意外简直不可避免。您不觉得吗？"

她话音刚落，我抬眼看父亲，他垂下眼皮，很为难的样子。

"您说得应该没错，"他说，"是啊，不管怎样，塞西尔，你得下点功夫。你总不想再修一遍哲学吧？"

"你想让我怎样？"我答得很生硬。

他看了我一眼，马上望向别处。我脑子里一片混乱。我才发现，无忧无虑是唯一能点亮我们的生活而且完全不具备自我辩护能力的情感。

"来吧，"安娜一边说，一边从桌上伸手过来抓住我的手，"把你松林少女的角色换成好学生，只是一个月而已，也没那么严重，不是吗？"

她看着我，父亲则是边看着我边笑，意思是：这个时候，还有什么好说的。但我慢慢抽回我的手。

"不，"我说，"很严重。"

我说得很小声，他们要么没听见，要么当没听见。第二天早晨，我读到一个柏格森的句子，花了好几分钟才弄明白："不管人们最初在事实和起因之间找到何种异质性，在确认事情的本质这件事上也远不止一种行为准则，但人们总是在与人类创生原理的接触中，感到自己汲取了热爱人类的力量。"我一遍又一遍地念着这句话，一开始很小声，因为我不想让自己烦躁，后面才大声读出来。我双手抱头，集中精力盯着这个句子。终于把它读懂，我心中感到冰冷和无力，跟第一次读到它时没什么两样。我无法继续；我带着一样的专注和善意看着下面的一行行字，突然，有种什么东西像风一样在我身上刮起，把我一下子刮到床上去了。我想到西里尔在金色的海湾那里等着我，想到船轻轻地摇，想到我们的吻的滋味，想到安娜。我坐在床上，想着这一切，想到心猛跳，我对自己说这太愚蠢、太残酷了，我不过是个被宠坏的懒小孩，我没资格这么想。但我不由自主地接着想：她既有害，又危险，得把她从我们的道路上清除。我想起刚刚咬紧牙关吃完的午餐。我感到被中伤，被怨恨击垮，一旦感到心中有怨恨，我就会瞧不起自己，会觉得自己很可笑……是的，这正是我责怪安娜的地方；她阻止我喜欢我自己。我，为幸福、温存和无忧无虑而生的我，经由她进入了一个充满责难和内疚的世界，我太不擅长自省，以至于迷失在里头。她给我带来什么了？我估量着她的力量：她想要我父亲，她得到了，她会一步步把我们变成她安娜·拉尔森的丈夫和继女，也就是文明的、有教养的、幸福的造物。因为她会让我们幸福的；我能预感我们会多么轻易地让步，向条条框框和无须负责的诱惑屈服。她太高效了。父亲已经离我远去；餐桌上他别过去的那张尴尬的脸让我揪心，并折磨着我。我想起我们曾经的默契，想起我们清晨回家，开车在巴黎白色的街道上嬉笑。我很想哭，这一切都结束了。轮到我了，我会被安娜影响、整顿、指引。我甚至不会感到痛苦：她善用机智和嘲讽，她不慌不忙，我无法抵抗；再过六个月，我可能连抵抗的心思都没有了。

务必打起精神，重新赢得我父亲，找回我们过去的生活。刚过去的这两年快乐又混沌，我前不久还忙不迭地否认来着，怎么突然又觉得魅力无限了呢？是自由，愿意怎么想就怎么想、愿意乱想就乱想、愿意不想就不想的自由，选择自己生活的自由，自己选择自己的自由。我不能说"做我自己"，因为我只是一坨橡皮泥而已，不过是拒绝被塞进模子的一坨。

我知道，在我180度的态度转变里，人们可以找出各种复杂的动机，可以给我套上华丽的变态心理：恋父情结或者对安娜怀有不正常的感情之类。但我知道真正的原因：是酷暑，是柏格森，是西里尔，或者至少是西里尔的不在场。我的脑子翻腾了一整个下午，怎么想都不舒服，一切源于这个发现：我们是安娜手里的玩偶，任由她摆布。我不习惯思考，一思考就暴躁。就像今天早上，饭桌上我一句话都不想说。于是父亲觉得他有义务开个玩笑：

"我喜欢的年轻人，应该精力旺盛，总是有说不完的话……"

我狠狠地瞪了他一眼。的确，他喜欢年轻，如果我不是跟他聊过，我还能跟谁聊过？我们什么都聊：爱情，死亡，音乐。但他抛弃了我，他亲手解除了我的武装。我看着他，心想：你爱我不如从前了，你背叛了我。我不说话，试图向他传递这一信息；我浑身是苦情戏。他也看着我，突然警觉起来，也许明白了这不是在闹着玩：我们的融洽关系正面临危险。我看着他的脸僵掉了，还有一丝困惑。安娜转过脸对我说：

"你脸色很不好，我真后悔让你温习功课。"

我没接话。我厌恶自己，也厌恶这出我自导自演而且还不能停的苦情戏。用过晚餐后，我们来到露台。一片长方形的灯光透过饭厅的窗户投下来，借着光，我看到安娜修长又热切的手摇晃着，触到了我父亲的手。我想起了西里尔，我多么希望被他抱在怀里，就在这片洒满了知了叫声和月光的露台上。我多想被爱抚、被安慰，和自己言归于好。父亲和安娜都不出声：等待他们的是一夜良宵，等待我的却是柏格森。我想要哭出声来，想给自己一点同情，但我做不到。我同情的已然是安娜，就好像我十拿九稳能打败她。

Françoise Sagan

第
二
部
分

我备受自省的折磨，
却依然未能和自己和解。

第一章

我的记忆从那时候起变得格外清晰，清晰到让我自己咂舌。不管是对别人还是对自己，我有了一种更为关切的意识。不假思索、轻而易举的自私，那是我与生俱来的本事，一向如此。然而，这几天发生的事让我心乱如麻，也让我开始思考、审视自己的生活。我备受自省的折磨，却依然未能和自己和解。我心想：这些感觉——这些对安娜的感觉有多愚蠢和可笑，把她和我父亲分开的欲望就有多强烈。但说到底，我为什么要这么审视自己呢？作为我，仅仅是我，难道不应该自由地感受我所感受到的这一切吗？有生以来头一回，"我"似乎意见不统一；这种左右为难的境地太出乎我的意料。我找到不错的借口，低声对自己嘟囔，确定自己的诚恳。突然，另一个"我"冒了出来，驳斥自己的种种理由，对我大喊大叫，说虽然这些理由看起来都跟真的似的，其实我完全弄错了。可是，实际上，弄错的难道不是这另外一个"我"吗？这种清醒难道不就是最可怕的错误吗？我在房间里跟自己没完没了地辩论，我想知道，眼下安娜在我心里引发的不安和敌意到底合不合乎情理，还是说我只不过是一个披着独立伪装、被溺爱的自私的小女孩。

于是，我日渐消瘦。我每天不干别的事，只在沙滩上睡觉。餐桌上，我有意无意地保持着忧心忡忡的沉默，终于成功地让他们感到难堪。我看着安娜，密切留意着她的一举一动，一顿饭从头到尾，我都在对自己说："她对他做的这个动作，难道不是爱，难道不是一种他永远不可能在别人身上得到的爱？还有他对我露出的微笑，眼底写着的担心，我又怎么能责怪他？"但是，安娜突然开口："雷蒙，等我们回去了……"那一刻，想到她就要和我们一起生活，我浑身多毛。在我看来，她身上散发出来的是精明和冷淡。我心想：她冰冷，我们热烈；她专横，我们不羁；她冷漠，对人不感兴趣，我们为各色人等着迷；她矜持，我们奔放。生气勃勃的只有我们俩，而她将要钻到我们中间，气定神闲地，为自己取暖，她会一点一点地夺取我们无忧无虑的热情，她会偷走我们的一切，像一条美女蛇。我反复念叨着美女蛇……一条美女蛇！她把面包递给我，我忽然觉醒，心里在喊："你疯了，这是安娜，聪明的安娜，照顾你的安娜。冰冷是她的生命形态，你不能看成算计；她的冷漠是于众多卑劣之事中保护自己的方式，是高贵的誓言。"美女蛇……我羞愧到无地自容，我看着她，暗中祈求她原谅。有时候，她无意中会捕捉到我的眼神，惊愕和犹疑会打断她的话，会让她的脸色突然阴沉下来。她的眼神下意识地寻找我父亲；他看她的眼神里要么是仰慕，要么是欲望，他不明白她的担忧从何而来。总之，我基本成功地把气氛搞得很压抑，为此我痛恨自己。

父亲在他力所能及的范围内也受着折磨。也就是说，没受什么折磨，因为他为安娜疯狂，他骄傲、快活到发

了狂，而且只为此而活。然而，有一天，我泡完早晨的
海水浴，正在沙滩上打盹儿，他来到我身边坐下，看着
我。我能感觉到他的目光，这让我有压迫感。我正想起
身装出一如既往的兴高采烈样提议他一起下水，却感到
他用手摸我的头，然后听见他的声音响起，语调凄惨：

"安娜，快来看这只蚂蚱，她瘦得不像话。要是功课
把她折磨成这副样子，那得让她停一停。"

他以为事情就此解决，换作十天前，的确可能就此
解决。但我已经成功地令事情的复杂程度远远超出预期，
下午的学习时间对我不再是问题，反正柏格森之后，我
就没再翻开过任何一本书。

安娜走过来。我保持趴在沙滩上的姿势，耳朵留心
听着她的脚步声。她坐在另一边，嘴里低声说着：

"的确，效果看起来不太理想。不过，她只需要下点
真功夫，而不是在房间里团团转……"

我翻过身，看着他们。她怎么知道我没下功夫？也
许她猜透了我内心所想，我相信她无所不能。这个想法
让我害怕。

"我没有在房间里团团转。"我抗议道。

"你是不是在想那个男孩？"父亲问。

"没有！"

我说的并不完全是实话。但我确实没有时间去想西里尔。

"但你看起来不太好，"父亲很严肃地说，"安娜，看到没？她简直像一只被摘掉内脏放在太阳下烤的鸡。"

"我的小塞西尔，"安娜说，"努力一点。下点功夫学习，多吃点东西。这个考试很重要……"

"我才不在乎什么考试，"我吼起来，"您明白吗，我不在乎！"

我绝望地看着她，直勾勾地，脸对脸，我要让她明白事态比一个考试严重得多。她最好问我"你这是在干什么？"她得搬出一堆问题逼问我，得强迫我告诉她一切。这样的话，她便能赢，她就能随心所欲，而我也不会再为这些刻薄消沉的念头所害。她专注地看着我，我看见她眼睛的普鲁士蓝因为关切和责备而暗淡下去。我明白了，她永远不会想到要逼问我、让我解脱，因为这个想法甚至不曾进入过她的大脑，或者她觉得不能这么做。她也不会想到我会有这么些让我自己怒火中烧的念头，即便她想到了，那她心里肯定除了轻蔑就是冷漠。这些念头也只配得上轻蔑和冷漠！安娜总能精准地衡量事情的重要性。这就是为什么我永远永远不能和她讨价还价。

我重重地扑倒在沙滩上，脸颊贴着温热的沙子，喘着气，身子微微发抖。安娜的手摁住了我的脖子，平静又稳当地把我摁住不动，保持了一小会儿，直到我的身体停止烦躁不安的抖动。

"别把事情弄得太复杂，"她说，"你本来那么快活好动，脑子不想事，现在变得愁肠满腹的。这样的角色不太适合你。"

"我知道，"我说，"我少年不识愁滋味，健康快活又没心没肺。"

"来吃午餐。"她说道。

父亲走开了，他讨厌这样的对话。回去的路上，他把我的手拉过去，攥在他手里。他的手很硬，也很让人安心：我第一次失恋的时候，是这只手给我擤鼻涕；平静和幸福的时刻里，这只手曾经拉着我的手；默契和疯笑的时刻，这只手会飞快地捏一下我的手。方向盘上的手，夜里拿着钥匙找锁孔的手，搭在女人肩膀上的手，夹着香烟的手，这只手不能再为我做什么了。我紧紧地握住它。父亲扭头看我，露出了微笑。

第二章

　　两天过去了：我团团转，把自己弄得筋疲力尽。我无法摆脱这一念头的纠缠：安娜要毁掉我们的存在。我没有想方设法再见西里尔，他大概会安抚我，给我带来些许幸福感，而我并不想要。我给自己提出一些难解的问题，回想已经封印盖章的日子，害怕即将到来的日子，心中甚至有点得意。天气很热。我的房间半明半暗，紧闭的百叶窗也不能阻挡空气里叫人难以承受的沉闷和潮湿。我待在床上，仰着脑袋，眼睛瞪着天花板，基本不怎么挪动，除非是为了给身体找到稍微凉爽一点的一角床单。我不睡觉，但我把小唱片机放在床脚，放一些缓慢的、没有旋律只有节奏的唱碟。我抽了很多烟，自感很颓废。我喜欢这样。但这个游戏并不足以骗过我自己：我依然感到悲伤而困惑。

一天下午，女佣来敲我的门，说"下面来了个人"，神神秘秘的。我立马想到了西里尔。我下了楼，却发现不是他。是艾尔莎。她握住我的手，甚是激动。我看着她，惊讶于她美丽的新面貌。她总算是晒成了均匀的浅褐色，保养得很好，闪耀着青春的光彩。

"我来拿行李，"她说，"这几天胡安给我买了几条裙子，但还是不够穿。"

有一瞬间我在心里问谁是胡安，但很快就忽略了。我很高兴再见到艾尔莎：她身上自带一种情妇、酒吧和轻浮夜生活的气场，让我想起过去的好时光。我告诉她我很高兴再见到她，她信誓旦旦地说我们一直相处得很融洽，因为我们有共同点。我微微打了个哆嗦，但我掩饰过去了，我建议她上楼到我房间里去，省得撞见我父亲和安娜。当我提到父亲的时候，她没忍住，脑袋动了一下，我想她也许还爱着他……尽管有了胡安和他买的裙子。我也想到换作三个星期前，我可能都注意不到她这个动作。

在房间里，我听她眉飞色舞地描述着她在海岸边声色犬马的交际花生活。我隐隐感到心里有些奇怪的念头在滋生，很大一部分是拜她的新面貌所赐。最后她自己停下不说了，大约是因为我一直没吭声，她在房间里踱了几步，然后头也不回地问我"雷蒙幸福吗"，口气里有种漫不经心。我觉得我得分了，而且我立刻明白为什么。许多方案在我脑子里翻腾，各种计划初现雏形，我感到完全抵挡不住自己提出的理由。很快，我知道我必须说什么话了：

"'幸福'，那真是言过其实了！除了幸福，安娜不让他相信有别的可能。她非常有手腕。"

"非常！"她说着，叹了口气。

"您怎么都猜不到她的决定……她要嫁给他。"

她转身看着我，大惊失色："嫁给他？雷蒙，他要结婚了？"

"是的，"我说，"雷蒙要结婚了。"

想笑的欲望突然顶住了我的咽喉。我的手在颤抖。艾尔莎看起来不知所措，好像刚挨了我当头一棒。不能

留给她时间，不能让她思考然后得出结论：毕竟他到了
这个年纪，总不能一辈子都跟半吊子交际花周旋吧。我
俯身向前，刻意压低声音以达到更加唬人的效果：

"不能让事情发生，艾尔莎。他已经在遭罪了，这种
事不可能，您很清楚。"

"是的。"她说。

她看起来已经被蛊惑了，这让我越发想笑，于是抖
得更厉害。

"我其实正等着您呢，"我接着说，"只有您有跟安娜
对抗的实力。只有您够格。"

显然，她巴不得相信我的话。

"但是，如果他要娶她，那证明他是爱她的。"艾尔
莎反驳道。

"别傻了，"我轻声说道，"他爱的是您，艾尔莎！别
告诉我您不知道。"

她一个劲儿地眨眼睛，然后扭过头去，不想让
我看见我刚刚给她带来的喜悦和希望。我已经进入
一种眩晕的状态，我清楚地知道我应该跟她说什么。

"您知道的，"我说，"她就是跟他演了什么夫妻家庭伦理道德平衡那一出，然后就得到他了。"

我被自己说的话打败了……因为，总的来说，我表达的是我的真实感受，只不过表达方式有点原始、粗糙，但我的确是这么想的。

"如果让他们把婚结了，咱们三个人的生活就毁了，艾尔莎。您必须捍卫我父亲，他就是个大孩子……一个大孩子……"

我把最后这个"大孩子"说得很用力。我感觉好像把戏演得有点过火了，但是艾尔莎漂亮的绿眼睛已然蒙上了一层同情的水雾。我的结束语简直像圣歌："帮帮我，艾尔莎。为了您，为了我父亲，也为了你们俩的爱。"

我在心里暗自加了一句："也为了中国的小孩儿……"

"可是我能做什么呢？"艾尔莎问，"这看起来是不可能的任务。"

"如果您认为不可能，那就放弃。"我调动了人们所说的那种心碎的声音。

"婊子！"艾尔莎低低地喊了一声。

"可不是嘛。"我说着，轮到我把脸扭到一边去了。

很明显，艾尔莎振奋起来了。她曾经被嘲笑过，现在，她要让那个耍手段的女人瞧瞧她艾尔莎·马坎布尔的厉害。而且，我父亲爱她，她一直是知道的。哪怕在胡安身边，她也没能忘记雷蒙的魅力。她大概不会跟他谈家庭什么的，但是她至少不会让他感到无聊，她不会试图……

我受不了她了，于是我对她说："艾尔莎，您去找西里尔，就说是我让您去的，让他接待您。他母亲那边他自己会想办法的。告诉他，我明天早上会去找他。咱们三个人一起商量。"

到了门口，我又加了一句，玩笑要就开到底：

"艾尔莎，您捍卫的是您的命运。"

她面色凝重地点点头，就好像在说，命运这东西数量有限，不像愿意供养她的男人那么多。我看着她在阳光中远去，脚步轻快如舞步。要让我父亲重新燃起对艾尔莎的欲望，我给他一星期的时间。

时间是下午三点半。此时此刻，他应该在安娜怀里。她呢，在被快感和幸福的炽热燃耗、击垮、掀翻之后，应该也睡得很沉……我开始快速地构想各种计划，心思一刻也没在自己身上耽搁，我在房间里不停地来回踱步，走到窗前，眺望一眼无比平静的大海在沙滩上方沉沉卧着，又走回到门口，转身。我计算着，估量着，逐个击溃所有反对意见；我以前从来没意识到思想可以如此机灵，可以突然振奋。我感到自己变成了一个狡猾的危险人物，我心里除了从刚才跟艾尔莎讲话时就如潮水般不断冲自己袭来的厌恶，又多了一丝骄傲，有一种心怀鬼胎的孤独感。

等到海水浴的时刻到来，这一切将会坍塌——还用得着说吗？我在安娜面前愧疚到无以复加，不知该怎样弥补。我帮她拿包，她一从水里出来我便赶紧把浴巾递过去，我对她殷勤备至，嘴巴跟抹了蜜似的，让她都快受不了了；我在沉默了这些天之后态度转变得如此之迅速，这让她惊讶不已，甚至也很高兴。我父亲喜形于色。安娜对我报以微笑，乐呵呵地回应我，而我想起了"婊子！——可不是嘛"。我怎么能说出这种东西，怎么能赞同艾尔莎的蠢话呢？我明天会建议她离开，跟她坦白说我弄错了。一切会回归原位，毕竟，考试还是要参加的！毕业会考肯定有用处。

"不是吗？"

我问安娜。

"毕业会考还是有用的，不是吗？"

她看着我，突然大笑起来。我也跟着笑，我乐于看到她如此快活。

"你真是不可思议。"她说。

没错，我的确不可思议，她可是对我的如意算盘还一无所知呢！我太想对她全盘托出，让她明白我到底有多么不可思议！"您瞧好了，我要让艾尔莎出场了：她假装爱上了西里尔，住在他家，我们会看见他们一起驾船经过，我们在小树林里、海岸边上老碰见他们。她又恢复了美貌。哦！当然，不能跟您的美相提并论，但是她身上有一种尤物的耀眼光芒，会让男人频频回头。我父亲没法忍太久的：他从不能接受曾经属于自己的美丽女子这么快从别处得到抚慰，而且还有点在他的眼皮子底下的意思。更何况是跟一个比他年轻的男人在一起。安娜，您明白的，尽管他爱着您，但他很快就会想要她的，那样才能让他放心。他很虚荣，或者说，对自己很不自信，随您怎么想吧。在我的指挥下，艾尔莎会尽力而为。到了那一天，他会背叛您，而您是没法忍受的，对不对？您不是那种愿意跟别人分享的女人。所以您就走人了，而这正是我想要的。是的，我怨您，都是因为柏格森，因为天气太热，这听起来很傻；我想象……我甚至不敢对您说，因为这些想法荒唐又不好理解。就为了这个毕业会考，我本来要跟您闹翻的，您，我母亲的朋友，我们的朋友。然而，这毕业会考还是有用的，不是吗？"

"不是吗？"

"什么不是吗？"安娜问，"毕业会考有用处？"

"对。"我说。

不管怎样，还是什么都别对她说的好，她大概也不会明白的。有些事情安娜她是不明白的。我投入水中，追逐着我父亲，和他打打闹闹，重新找回水中戏耍的欢乐，找回我的心安理得。明天我会换房间，我会带着需要温习的书搬到阁楼上去。柏格森我是不会带的，凡事得有个度。独处两个小时，好好学习，安静地努一把力，墨水和纸张的芳香。十月份的成功，我父亲傻乎乎的笑，安娜的赞赏，毕业证书。我会成为一个有教养的聪明人，带着点漫不经心，就跟安娜一样。我也许还是有智力潜能的……我难道不是在五分钟之内就构想出了一个很有逻辑的计划吗？当然啦，是卑鄙了一些，但是合乎逻辑。还有艾尔莎！我打了虚荣心和感情牌把她拿下，她只是来取行李而已，却一下子被我看上了。说起来真有意思：我瞄准了艾尔莎，窥见了破绽，调整了策略，然后才开口。我生平第一次体会到非同一般的快感：看破一个人的心思，将其揭开，摆到光天化日之下，接着一举命中。就像用手去摁弹簧一样，我小心翼翼地想找到一个合适人选，结果一触即发。一发命中！我向来是个冲动的人，从没体会过这样的感受。每每命中某个人，那也是一不小心的事。人类身上这一整套不可思议的反应机制，语言的强大力量，我一时间模模糊糊感觉到了。多么遗憾啊，竟是借了谎言的道。有一天，我会狂热地爱上某个人，我会寻找那条朝他而去的道路，也像这样，小心翼翼，轻轻地，颤抖着双手……

第
三
章

　　第二天，步行去西里尔家别墅的路上，我心里又没那么笃定了。为了庆祝自己恢复正常，我头天晚上在饭桌上喝得有点多，高兴得飘飘然。我跟父亲说我会拿个文学学士学位，和博学之人往来，成为一个让人生厌的名人。他得把他广告业里积攒的财富和阴招都使出来助我成名。我们交换了一些荒诞不经的主意，不时爆笑。安娜也笑，但没我们笑得厉害，脸上带着一点纵容的味道。有时候，我的奇思妙想超出了文学的范畴，或失了分寸，她就丝毫没有笑意了。然而，我们又能开上这样的愚蠢玩笑，父亲显然是高兴的，她也就没说什么。最后他们把我送上床，给我掖好床单。我感谢他们，说得很动情，还问如果没有他们我会是什么样。父亲真是不知道，安娜在这个问题上貌似有个挺残忍的想法，我求她告诉我，她俯下身子想说的时候，我却沉沉睡去了。睡到半夜，我浑身难受。早晨醒来时候的痛苦超过了以往任何一次艰难的晨起。我朝小松林走去，脑子里一团糨糊，心情忐忑不安，都没留意到清晨的海和兴奋过头的海鸥。

　　西里尔就在花园入口处。他朝我扑了过来，一把抱住我，搂得紧紧的，嘴里含混不清地嘟囔：

　　"亲爱的，我担心死了……这么长时间……我不知道你在干什么，也不知道那女人是不是对你不好……我自己都没想到我会这么难过……我每天下午都去小海湾那里，一次，两次。我没想到自己这么爱你……"

　　"我也没想到。"我说。

　　我惊讶，也感动。我怪自己反胃得厉害，没法表达我的感动。

　　"你脸色好苍白，"他说，"从现在起，我要照看着你，我不会再让你受折磨。"

我能听出是艾尔莎的想象力的贡献。我问西里尔他母亲怎么说。

"我跟她说艾尔莎是我的朋友，是个孤儿，"西里尔说，"艾尔莎倒是挺好的。她都跟我说了，那个女人的事。真是匪夷所思啊，她看起来那么精致有教养，手段却这么阴。"

"她说得太夸张了，"我有气无力，"我只是想告诉她……"

"我也是，我有话要对你说，"西里尔打断了我的话，"塞西尔，我想娶你。"

我慌张了片刻。得做点什么，说点什么。我要是不恶心得这么厉害……

"我爱你，"西里尔贴着我的头发说，"我不学法律了，有人给我开了不错的条件……我的一个叔叔……我二十六岁了，不再是个小男孩，我是说真的。你说呢？"

我绝望地搜寻着几句暧昧的漂亮话。我不想嫁给他。我爱他但我不想嫁给他。我谁也不想嫁，我好累。

"这不可能，"我结结巴巴，"我父亲他……"

"你父亲那边交给我。"他说。

"安娜不会同意的,"我说,"她认为我还没成年。如果她不同意,我父亲也不会同意的。西里尔,我好累,心里好乱,我站不住了,我们找个地方坐下吧。艾尔莎来了。"

她穿着睡裙下来了,清爽,靓丽。我自觉暗淡孱弱。他们俩看起来都很健康,很振奋,精神饱满,这让我越发沮丧。她扶着我坐下,无微不至得好像我是刚从监狱里放出来的。

"雷蒙怎么样了?"她问道,"他知道我来了吗?"

说话的时候她脸上带着幸福的微笑,是已经原谅了、重新充满希冀的微笑。我不能告诉她,说父亲已经忘了她,也不能告诉西里尔,说我不想嫁给他。我闭上眼睛,西里尔去端咖啡了。艾尔莎说呀说呀,她显然把我当作心思极端细腻之人,她信任我。咖啡很浓、很香,阳光给了我些许抚慰。

"我想了也是白想,找不到办法。"艾尔莎说。

"没有办法,"西里尔说,"这是迷恋,是蛊惑,我们什么也做不了。"

"有。"我说，"有一个办法。你们太没有想象力了。"

看他们对我说的话来了精神，我感到很受用：他们比我大十岁，竟然都没主意！我做出轻描淡写的样子——

"这是个心理问题。"我说。

我把计划向他们全盘托出，解释了很久。他们提出的反对意见跟我头天晚上自己对自己说的一样，而且在逐个击碎这些反对意见的过程中，我感到强烈的快意。看似无缘无故，实则由于我全心想说服他们，自己又投入了起来。我要向他们证明这是可能的，然后再说服他们我们不能这么做，但在这一点上，我找不到合乎情理的理由。

"我不喜欢这种阴谋，"西里尔说，"但如果这是能娶到你的唯一办法，我同意。"

"这倒不见得全是安娜的错。"我说。

"你知道，要是她留下来，她想让你嫁给谁，你就得嫁给谁。"艾尔莎说。

这倒有可能。我想象安娜在我二十岁那天给我介绍一名年轻男子，同样有着学士学位，前途无量，聪明，稳重，必定也是个忠诚之人。有点像西里尔。我笑了起来。

"求你，别笑了，"西里尔说，"如果我假装喜欢艾尔莎，你会吃醋的。告诉我，你怎么能想出这一招呢，你爱我吗？"

他低声说着。艾尔莎不声不响地走开了。我看着西里尔晒得黑黑的脸，紧张兮兮的，眼底满是忧郁。他爱我，我心底涌起一种奇怪的感觉，我看着他的嘴，充血的双唇，近在咫尺……我觉得自己不再受理智控制。他把脸往前凑了一点，我们的嘴唇就碰上了，一碰上就互相认出来了。我坐在那里，睁着眼睛，他的嘴炽热、坚硬，一动不动地把我的嘴堵住；我感到他的唇在微微发抖，他用力往前一压，止住颤抖；然后，他的双唇打开，他的吻开始了，很快变得蛮横、灵活，太灵活……我当即明白比起考学位我更擅长跟男孩子接吻。我稍微躲闪了一下，已经气喘吁吁。

"塞西尔，我们应该一起生活。我会和艾尔莎玩你的小游戏的。"

我在心里自问，我的如意算盘打得是否准确。我是这出戏的灵魂和导演。我还是可以叫停的。

"你的想法真是古怪。"西里尔说着，他噘起嘴的微笑让他看起来像个流氓，一个帅气的流氓。

"吻我，"我轻轻呼唤，"快吻我。"

这出戏就这样揭开了序幕。非我所愿，而是出于漫不经心和好奇心。有时候我更愿意是自己满怀仇恨和怒火刻意所为。至少我可以控诉我自己，是我，而不是懒惰、阳光和西里尔的吻。

一小时后，我离开了我的同谋，心中好不烦恼。让我安心的理由还是有的：我的计划有可能会落空，我父亲可能迷恋安娜到愿意对她忠诚的地步。况且，没有我的话，西里尔和艾尔莎什么也做不了。如果我父亲有了上当的趋势，我随时可以找个理由叫停这个游戏。不管怎样，看看我的心理战术准确与否总是件好玩的事。

而且，西里尔爱我，他想和我结婚：光这一点就让我满足了。他如果能再等一两年，等我成年，我会接受的。我已经能想象自己和西里尔生活在一起，睡在他身旁，不离开他。每个星期天，我们去和安娜还有我父亲共进午餐，一家人聚在一起，也许还有西里尔的母亲，这样可以更好地营造家庭聚会的氛围。

我在露台碰到安娜，她正要下海滩去找我父亲。她看见我，脸上露出一丝嘲讽，是那种为宿醉者准备的表情。我问她昨晚我睡过去的时候她差点就要跟我说的是什么，她不肯说，笑了起来，借口说出来我会生气。父亲从海里上来了，身形宽阔，肌肉发达，我觉得他好看极了。我和安娜一起下了海，她游得很慢，头仰在水面上，因为她不想弄湿头发。然后，我们仨并排趴在沙滩上，我在他们俩中间，沉默又平静。

就在这个时候，帆船从小海湾尽头出现了，满帆行驶。我父亲第一个看到。

"我们亲爱的西里尔受不了了，"他笑着说，"安娜，咱们原谅他吧？说到底，他是个好小伙。"

我抬起头，感到危险在逼近。

"他在干吗？"父亲说，"他穿过海湾了。啊！他不是一个人……"

安娜也仰起了头。帆船即将从我们正前方经过，然后超越我们。我能看清西里尔的脸，我在心里祈求他快点离开。

父亲的惊叹把我吓了一大跳。然而，我等待他这个反应已经等了十分钟了。

"不……那是艾尔莎！她在那里干什么？"

他朝安娜转过脸去：

"这个姑娘太厉害了！她肯定使出看家本领黏住了这个可怜小伙，把老太太也收服了。"

但安娜没有在听他说话。她看着我。我的目光迎上了她的目光，我随即趴下，把脸埋进沙里，心里羞愧难当。她伸出手搭在我脖子上：

"看着我。你怪我吗？"

我睁开眼睛：她向我投来担忧的目光，甚至有点哀求的意味。这是她头一回用这样的目光看我，就像面对的是一个有思想的敏感造物，而这一天，恰恰……我嘴里发出一声呻吟，猛地把脸扭向我父亲那边，挣脱这只手。他的眼睛望着帆船。

"我可怜的姑娘，"安娜的声音再次低低响起，"我可怜的塞西尔，这有点该怪我，我也许不该那么强硬……我可没想让你受苦，你相信我吗？"

她捋着我的头发，抚摩着我的脖子，如此温柔。我没有动。海浪退去、沙子从我身下溜走时，我也是这样的感受：只想失败，只求温存。怒气也好，欲望也罢，从来没有任何一种情绪把我拽入这样的境地。放弃这场闹剧，把生命放到她的手里，直到最后一刻。我从来没体会过如此来势汹汹的、强烈的软弱感。我闭上双眼，心似乎停止了跳动。

第
四
章

除了惊讶，父亲没有表现出其他情绪。女佣告诉他艾尔莎来拿过行李而且很快就离开了。我不知道她为什么没跟他提及我和艾尔莎之间的小会晤。她是个当地人，有颗八卦的心，对我们的关系应该少不了一些饶有趣味的想象。尤其是我们的房间分配几经变动，东西搬来换去都是她来完成。

父亲和安娜心中有愧，于是对我表现得格外关心。他们对我的好一开始甚至让我觉得难以忍受，但很快我就乐在其中了。总而言之，即便错在我，让我天天碰见西里尔和艾尔莎搂搂抱抱、看似如胶似漆的样子也不是件舒服的事。我不能再去驾帆船了，但我能眼看着艾尔莎经过，头发在风中凌乱飘飞，像我之前那样。我们和他们狭路相逢的时候，我倒是轻轻松松就能换上一脸坚定，装出漠不关心的样子。我们和他们真是抬头不见低头见：小松林里，村子里，路上。安娜往往会瞄我一眼，开始讲别的事情，用手扶住我的肩膀以示安慰。我说过她人很善良吧？我不知道她的善良是智慧的细腻表现，还是仅仅是冷漠的伪装，但是她总是能找到恰如其分的词语和动作。如果我真的心痛的话，应该没有人能比她给我更好的支持了。

　　我任凭事情顺其自然发展下去，没有过多担忧，因为我父亲那头没有任何嫉妒的迹象，我前面也说过的。这既证明了他对安娜的爱慕，同时不免有点叫我恼火，因为这等于宣布我的计划无效。有一天，他和我，我们走进邮局，跟艾尔莎打了个照面；她好像没看见我们，我父亲扭头像看一名陌生女子那样看着她，还轻吹了声口哨：

　　"哎，她变漂亮太多了啊，艾尔莎。"

　　"爱情成就了她。"我说。

他朝我投来惊讶的目光："看起来你消化得不错……"

"那你想怎么样，"我说，"他们俩年纪一般大，这有点像注定的。"

"如果没有安娜，也许就根本不会是注定的。"

他很生气。

"要是我不同意，你根本没法想象一个小毛孩能从我手里抢走女人……"

"还是跟年龄有一定关系的。"我认真地说。

他耸了耸肩。回去的路上，我见他心事重重：他也许在想，的确，艾尔莎和西里尔都很年轻；若是跟一个和他年纪相仿的女人结婚，他就不再属于人们看不出年纪的那类男人了。我不由自主体会到了一丝胜利感。但看到安娜眼角的鱼尾纹和嘴边的小褶，我又开始自责。但是这太容易了，先冲动，再懊悔……

一星期过去，西里尔和艾尔莎对计划进展全然不知情，估计每天都在等着我。我不敢去见他们，他们免不了又要对我一通逼问，我必然招架不住。而且我每天下午都会待在自己房间里，号称去学习。实际上，我什么也不干：我找到了一本关于瑜伽的书，满腔热情地练起了瑜伽，有时候自己一个人笑得前仰后合还不敢出声，因为怕安娜听见。我告诉她我正勤奋刻苦地学习呢；我在她面前演起了情场失了意以学业来慰藉、力争有朝一日考取学位的戏码。我感觉她对此颇为欣赏，而且我还在饭桌上引用过康德的话，明显愁坏了父亲。

一天下午，我身上裹着浴巾扮印度人，然后用右脚蹬住左腿的大腿内侧，站在镜前直直地盯着自己，倒不是出于自我陶醉，而是幻想抵达瑜伽大师的高级境界，这时候，有人敲门了。我猜应该是女佣，她看见了也不要紧，我于是喊她进来。

是安娜。她在门口呆住一秒，然后笑了：

"这玩的又是哪一出？"

"瑜伽，"我答道，"不过这不是玩的游戏，是一门印度哲学。"

她走到桌子前，拿起了我的书。我心里开始七上八下。书翻到了第一百页，其他书页上全是我的笔迹，写着"无法实现"或"费力"什么的。

"你真是一丝不苟啊，"她说，"那篇传说中的关于帕斯卡的论文，你说过很多次的，现在成什么样啦？"

的确，我有一次在饭桌上一时兴起，就帕斯卡的一句话谈得头头是道，一副认真思考钻研过的架势。当然，我是一个词也没写过。我石化在那里。安娜直直地瞪着我，很快她就明白了：

"你不用功，在镜子前搞怪名堂，那是你自己的事！"她说，"但是你心安理得地向我们撒谎，然后讨好我和你父亲，这就太不合适了。我还挺吃惊呢，你怎么突然就热衷于脑力活动了……"

她走了出去，我僵在浴巾里；我不明白为什么她管这叫"撒谎"。我是谈起过帕斯卡，因为我觉得好玩；我是说起过论文，但那也是为了让她高兴。突然一下子，她就对我鄙视到这等地步。我才习惯了她对待我的态度的转变，现在她这种平心静气地侮辱人的轻蔑劲儿把我气坏了。我丢下瑜伽大师的装扮，套上裤子和旧衬衣，跑了出去。外头酷热如火，我心里一团怒火，我甚至拿不准是否应该为自己气成这个样子感到羞愧，总之，这

团火烧得我一路狂奔，一直跑到了西里尔家。我在别墅
门口停了下来，气喘吁吁。一栋栋房子在午后的炎热中
显得出奇地幽深静谧，像藏着无数的秘密。我上楼找到
西里尔的房间，我们来看他母亲那次他带我参观过。我
打开门：他在睡觉，横在床上，脸枕着自己的胳膊。我
就这样看了他一分钟：我第一次觉得他毫无防备，惹人
怜爱。我轻轻唤着他；他睁开眼睛，一看到是我，"腾"
的一下坐了起来："你？你怎么在这里？"

　　我示意他小声点。要是他母亲来了，看到我在她儿
子的房间里，她肯定以为……话说谁不以为……我心中
一阵惊慌，便要往门口跑去。

　　"你去哪儿？"西里尔喊了起来，"回来……塞
西尔。"

　　他抓住我的胳膊，笑嘻嘻地把我拉了回去。我转过
身，看着他；他脸色变得苍白，我自己的想必也一样，
他松开了我的手腕，却是为了一把将我搂住抱走。我脑
子里很乱，心想：该来的总是要来。接着，爱的舞曲奏
响：胆怯牵起了欲望的手，温存与狂野，突如其来的痛

以及紧随其后的快感，如胜利一般。我很有运气——而西里尔有的是该有的温柔——在这一天我们品尝到了爱的滋味。

我在西里尔身边待了一个小时，飘飘然，心中的惊愕尚未平息。我总听人把爱说成一件容易的事；我自己也粗暴地谈起过，带着我这个年龄的无知，但从今往后我似乎不可能再这么冷漠生硬地去说爱了。西里尔挨着我躺着，说他要和我结婚，要一辈子把我留在他身边。我的沉默让他担心：我坐了起来，看着他，我喊他"我的情人"。他支起身子。我将嘴唇贴到他脖子上明显跳动着的动脉上，轻声喊着"我亲爱的，西里尔，我亲爱的"。这一刻，我不清楚那是不是我对他的爱——我向来不专一，我也不指望自己会是别的样子——但在这一刻我爱他胜过爱我自己，我愿意为他献出生命。我走的时候，他问我会不会怪他，我觉得好笑。怪他让我如此快活！……

我往回走，走在松林间，浑身乏力，脑袋迟钝，行动迟缓；我不让西里尔送我，那样太冒险。我担心别人能从我脸上捕捉到欢愉留下的明显印记，发黑的眼圈，浮肿的嘴唇，颤抖的身体。安娜在屋子前面的长椅上看书。我已经为这趟外出编好了漂亮的谎言，不过她没问，她从来都不问。我于是一声不吭地在她身边坐下，想起来我们刚刚闹了些不愉快。我半闭着眼睛，身体一动不动，注意力全集中在呼吸的节奏和发抖的手指上。我眼前时不时浮现西里尔的身体和刚才的某些瞬间，我感到心被掏空。

我从桌上拿起一根香烟，划了根火柴。灭了。我又小心翼翼地擦了另外一根，没有风，颤抖的只有我的手。一碰到我的烟，火柴又熄灭了。我抱怨了一声，拿起第三根火柴。就在此时，不知道为什么，这根火柴对我显得比什么都重要。也许是因为安娜突然从她的漠不关心中苏醒过来，正严肃又专注地盯着我看。就在这一刻，周围的一切和时间通通消失了，只剩下这根火柴、捏着它的我的手指、灰色的火柴盒，还有安娜的目光。我的心慌了，开始猛跳，我的手指对火柴一使劲，它便擦出了一团火，我赶紧把脸贪婪地凑过去，香烟头罩住了火柴，又灭了。我撒手任由火柴盒掉到地上，自顾自闭上眼睛。安娜质问的冷酷目光打在我身上。我在心中祈求有人帮个忙行行好，让这样的等待结束吧。安娜用手抬起我的脸，我紧紧合着眼皮，生怕她看见我的眼睛。我感到疲倦、笨拙和欢愉的泪水奔涌而出。这时候，她垂下了托着我的脸的手，把我放开了，就这么一个动作，是不屑知情，也是心平气和，就好像她放弃对我进行任何质问。然后，她点了一根烟放到我嘴里，又投入她的书本中。

我赋予了这个动作一个象征意义，或者说，我试着给它找到一个象征意义。但是，今天，我每次把火柴弄灭，都会回想起这奇怪的瞬间，想起我的动作和我自己之间的壕沟，安娜的眼神的分量，还有周遭的空白，强烈存在着的空白……

第
五
章

我刚刚讲述的这个故事不会是无关紧要的小插曲。和那些在反应上极端克制、对自己很有把握的人一样，安娜不能容忍妥协。然而，她那个动作，她托着我的脸的僵硬的手轻柔地滑开的动作，对她来说就是一种妥协。她猜到了什么，她完全可以逼我坦白，却在最后一刻选择了怜悯，或是漠然。比起接纳我的缺点，想要管我、教育我，难度太大了。没有什么让她非要担当我的监护人和导师，若非出于她自己的责任感；嫁给我父亲的同时，她也要对我负责。她处处和我作对，如果可以这么说的话，我情愿她是出自恼火或一种更微妙的感情。那样的话习惯很快会将其磨灭；当我们不以改正他人的缺点为己任，我们便会习惯这些缺点。六个月之后，她对我就只会剩下灰心了，一种满怀温情的灰心，这恰恰是我需要的。然而她并没有，她觉得对我负有责任，从某种意义上说，她的确会对我负有责任，因为我依然具有可塑性。可塑又固执。

　　于是她自责，而且也让我感觉到她的自责。几天后，晚餐餐桌上又说起了讨厌的假期功课，争论升级。我表现得有点放肆了，父亲很不高兴，最后安娜没说一句重话，索性把我反锁到了房间里。我一开始并不知道她做了什么，只是因为渴了，才走到门口开门；门打不开，我明白它被锁上了。有生以来我还没被关起来过：我慌了，真的慌了。我奔到窗前，意识到根本不可能从窗口出去。我在屋里团团转，完全不知所措。我试着撞门，却只是把肩膀撞得生疼。我又试着砸锁，咬紧牙关，就是不想喊人来给我开门。我把指甲刀卡在了锁孔里。我两手空空，一动不动地戳在房间中央，我注意到，随着脑子里的念头越来越清晰，心头有某种平静和安宁降临。那是我和残忍的第一次交锋：我感到它捆住了我的身体，而且对我的念头亦步亦趋，紧紧裹挟。我躺在床上，精心构思起我的计划。我的狠心和狠心的理由如此不成比例，以至于我一下午两三次起身想离开房间，结果都惊愕地发现房门被反锁。

下午六点，我父亲把门打开了。他进屋时，我机械地从床上坐了起来。他看着我，不说话，我对他笑了一下，也是机械性的微笑。

"你想谈谈吗？"他问。

"谈什么？"我说，"你讨厌谈话，我也不喜欢。解释来解释去的，一点用也没有……"

"的确，"他看起来松了一口气，"你得对安娜友好一点，耐心点。"

这个表述出乎我的意料：我，对安娜耐心……他把问题弄反了。他打心底里把安娜看作他强行让女儿接受的女人，而不是他把我硬塞给安娜。一切还有希望。

"我不太客气，"我说，"我会去跟安娜道歉的。"

"你……呃，你开心吗？"

"当然，"我答得很小声，"再说，如果我和安娜相处得不好，我早点结婚就是了。"

我知道这个办法肯定会让他心疼。

"这不是可行的办法。你不是白雪公主……你忍心这么早离开我吗？那我们在一起生活的时间就只有两年。"

这个想法于他于我一样令人难以接受。我已经模糊地看见那一刻，我扑在他身上哭哭啼啼，说什么逝去的幸福和泛滥的情感。我不能让他当我的同谋。

"我夸张了，你知道的。安娜和我，总的来说，相处得还是不错的。各有让步……"

"是的，当然。"

他想的应该跟我一样，让步很可能不会是相互的，而是我单方面的让步。

"你明白的，"我说，"我知道安娜总是对的。她的人生比我们的人生更成功，更有意义……"

他下意识地做出一个表示反对的小动作，但我没管，接着往下说：

"再过一两个月，我可能就会完全接受安娜的想法了，我们之间不会再有愚蠢的争吵。我们需要的只是一点耐心。"

他看着我，迷惑写在脸上，还有惊恐：他未来的荒唐事没了同谋，他也要失去某个过去了。

"别说得那么夸张，"他有些没底气，"我知道我带给你的也许不是你这个年纪该过的生活……呃，也不见得是我这个年纪的生活，但也并非愚蠢的或不幸的生活……不是的。说到底，这两年里咱们也没有太……难过，不，没有太离经叛道。不要因为安娜对一些事情的看法不一样就这样否认我们的生活。"

"不该否认，但必须放弃。"我坚定地说。

"当然。"我可怜的老父亲这么说着，我们一起下了楼。

我大大方方地向安娜道了歉。她说没必要道歉，说我们吵架都是因为天气太热。我心中生出冷漠和快活。

像事先约好的那样，我在小松林里见到了西里尔，我告诉他下一步该做什么。他听我说着，担忧夹杂着钦佩。然后他抱住了我，但时候不早，我得回去了。我感到和他如此难舍难分，对此连我自己都惊讶。他若是想找副镣铐把我锁住，那他是找到了。我的身体认出了他，找到了自己的存在，在他的身边盛开绽放。我疯狂地吻他，我想把他弄疼，在他身上留下记号，让他一晚上无时无刻不想着我，让他在夜里梦见我。没有他的夜晚太漫长。他不在我身旁的时候，我是那么思念他灵巧的动作、冲动的爆发和久久的爱抚。

第
六
章

　　第二天早晨，我拉上父亲一起去路上溜达。我们聊着一些有的没的，快活得很。往回走的时候，我提议穿过小松林。时间正好是上午十点半，我很准时。路很窄，两旁长满荆棘，父亲走在我前面开道，以免我的腿被划伤。当我看到他停下，我立刻明白，他看见他们了。我走到他身旁。西里尔和艾尔莎躺在松叶上睡着呢，从头到脚洋溢着田园牧歌的幸福；这的确是我要求他们做的，但看到他们这个样子的时候，我还是觉得心碎。艾尔莎对我父亲的爱，西里尔对我的爱，也架不住他们如此年轻貌美，而且还挨得那么近……我瞟了父亲一眼，他站在那儿一动不动，直直地盯着他们，脸色苍白得不太正常。我拉过他的胳膊：

"别吵醒他们，走吧。"

他朝艾尔莎投去最后一瞥。她青春的美好躯体往后仰躺着，皮肤呈金色接近红棕，嘴唇上一丝浅笑，像个潜逃之后又被逮住的小仙女……他转过身去，开始大步往前走。

"婊子，"他嘴里低声嘟囔着，"婊子！"

"你为什么这么说？她是自由的，不是吗？"

"问题不在这里！你看到西里尔在她怀里你心里舒服吗？"

"我不爱他了。"我说。

"我也是，我不爱艾尔莎，"他气急败坏地大喊，"但是这种场面还是会让我心里不舒服。怎么说呢，我毕竟曾经，呃……跟她一起生活过啊！这可糟糕多了……"

我早就知道，这糟糕得多！他应该感到了和我一样的冲动：冲上前去，把他们分开，夺回自己的东西，曾经属于他的东西。

"要是安娜听到你的话……"

"什么？要是安娜听到了？……当然，她不会明白的，或者她会震惊，这很正常。可是你呢？你，你是我女儿，不是吗？你不理解我了吗，你也震惊吗？"

引导他的思想对我来说真是不费吹灰之力。我对他了如指掌到这种地步，连我自己都有些吃惊。

"我不震惊，"我说，"但是，你毕竟得面对现实：艾尔莎不是个长情的人，西里尔讨她喜欢，你就没戏了。尤其是在你对她做了那样的事之后，那种事一般人是没法原谅的……"

"要是我乐意……"他说了一半，停下了，略显惊慌。

"你办不到的。"我信誓旦旦，就好像和他讨论他重新夺回艾尔莎有几分胜算是件再自然不过的事。

"我根本不想。"他找回了常理。

"当然。"我说着，耸了耸肩。

我耸这下肩的意思是："不可能，我的可怜人，你已经出局了。"到家之前这一路，他不再跟我讲话。一进门，他就一把将安娜抱在怀里，抱了好一会儿，闭着眼睛。安娜微笑着，任他抱着，又有些吃惊。我离开了那间屋子，靠在过道的隔板上，羞愧得浑身发抖。

下午两点，我听到西里尔轻吹了一声口哨，便去了海滩。他立即让我上了船，往外围驶去。海面一片空旷，没人想在这样的日头下航行。到了外海，他收起船帆，转身向我。这一程我们几乎一句话也没说。

"今天早上……"他开始说。

"打住，"我说，"不要说了……"

他把我轻轻压倒在遮雨布上。我们浸泡在汗水中，浑身滑溜溜的，笨手笨脚又急不可耐；船身在我们的身体下方规律地晃动着。我看着正对着我的太阳。突然，西里尔急切又温柔的低语响起……太阳掉下来了，炸开了，砸在我身上。我在哪里？在大海深处，在时光深处，在欢愉深处……我高声喊着西里尔的名字，他没有回应，他不需要回应。

然后是咸咸海水的清凉。我们一起笑着，心醉神迷，四肢慵懒，心中充满感激。我们在这个夏天拥有的阳光和大海，笑声和爱，因为惶恐和愧疚而越发灿烂和炽烈，我们还能再拥有吗？……

爱情带来的，除了肉体上的真实快感，还有某种精神上的愉悦，一想到它就快乐。"做爱"这个词，撇开它的意义，仅字面就独有诱惑力。"做"这个具体的、实际的字眼，和"爱"这个诗意的抽象概念结合，着实令我着迷，在此之前，我从嘴里说出这个词的时候毫不害臊，也不觉尴尬，我压根就不知道个中滋味。现在，我觉得自己害臊起来了。每当父亲目不转睛地盯着安娜，每当她哧哧地笑着，发出令父亲和我脸色发白、怅然眺望窗外的淫荡笑声时，我都会垂下眼睛。哪怕我们如实向她描述她的笑，她也不会相信的。她在我父亲面前并不像个情人，而是朋友，温存备至的朋友。不过，夜里嘛，大概……我甩开这些想法，我讨厌令人局促的念头。

日子一天天过去。我有点把安娜、我父亲和艾尔莎抛在脑后了。爱情让我不用闭眼就把日子过得飘飘然，把我变成一个平心静气的好脾气姑娘。西里尔问我是不是不害怕怀上孩子。我说我全听他的，他似乎也觉得这样很正常。也许正因为此我才这么轻易地把自己给了他：

因为他不会让我去担当，如果我有了孩子，那也是他的错。他承担的是我无法承受的东西：责任。不过话说回来，就我这副瘦骨嶙峋的样子，我很难想象自己能怀上孩子……我总算有一次为自己的少女体形感到满意。

但是艾尔莎等不及了。她不停地追问我。我总害怕和她或和西里尔在一起的时候被别人撞见。她想方设法出现在我父亲面前，她处处都能碰见他。

她为想象中的胜利沾沾自喜，她说，被压抑的冲动，他是掩盖不住的。她这样一个女孩，大概出于职业的缘故，在爱情里也是见钱眼开，我很惊讶于她竟然变得如此耽于幻想，她一个见惯了心急的男人们直截了当的人，竟然会为一个眼神、一个动作兴奋不已。于她而言想必已经在心理微妙程度上登峰造极。

父亲越来越为艾尔莎而困扰，安娜似乎并未觉察。他表现出前所未有的温柔和殷勤，我很担心，因为我在他这种态度里读到了无意识的愧疚。最理想的结果，就是接下来三周内什么事都别发生。我们回巴黎，艾尔莎自己也会回去，我父亲和安娜如果没改主意的话，他们会结婚。巴黎有西里尔在，在这里安娜没能阻止我爱他，到了巴黎她也不能阻止我见他。他在巴黎有间小屋，那里和他的母亲相距甚远。我已经开始想象从小屋的窗户能看到的巴黎不同寻常的天色，蓝的，粉的，窗外的围栏处鸽子在咕咕叫，而西里尔和我在他狭窄的床上……

第
七
章

　　几天之后，父亲收到了一位朋友的消息，约他去圣·拉法雷尔喝酒。不管是自愿还是有点被迫，我们多少过着离群索居的生活，所以他很高兴能从中脱离片刻，立马就把这消息告诉了我们。于是我向艾尔莎和西里尔宣布，晚上七点我们会在太阳酒吧，如果他们想来的话，在那里能找到我们。不幸的是，艾尔莎认识这位朋友，就更想来了。我已经隐隐约约感到事情的复杂，试着劝她别来。白费力气。

　　"夏尔·韦伯很喜欢我，"她像孩子一样天真，"他要是见到我，肯定会劝雷蒙回到我身边的。"

　　西里尔才不在乎去不去圣·拉法雷尔。他只关心我在哪儿，他就去哪儿。我从他眼神里看出来了，不由自主地得意。

于是，下午六点左右，我们就出发了。安娜开车带我们。我喜欢她的车：一辆美式重型敞篷车，看起来更像是出于形象需要而不是品位使然。倒是很对我的胃口，车上有好多闪闪亮的配件，开起来很安静，有种远离一切的感觉，拐弯的时候微微倾斜。我们三个人都坐在前排，这世界上，除了汽车里，再没第二个地方会让我如此强烈地体会到跟身边的人有某种亲近的纽带。三个人坐在前排，胳膊挨着胳膊，脸上吹着一样的风，听凭同样的速度快感，也许也听凭同样的死亡威胁。安娜掌握方向盘，像是我们即将组建的家庭的某种象征。我一直很想再坐上她的车，戛纳那天晚上之后我就没再坐过。

在太阳酒吧，我们见到了夏尔·韦伯和他妻子。他是做戏剧广告的，她则负责花他挣来的钱，速度惊人，而且还是花给小白脸的。他满脑子想的就是月底别揭不开锅，所以疲于奔命，追着钱的屁股跑个不停。他焦虑、猴急到有些夸张的一面就是从这里来的。曾经有好一阵子，他是艾尔莎的情人。艾尔莎虽然貌美，却没有那么拜金，对金钱不怎么在意，他很喜欢她这一点。

他的妻子呢，是个恶毒的人。安娜不认识她，但我很快就看到安娜脸上出现了惯有的轻蔑和嘲讽的表情。夏尔·韦伯像往常一样滔滔不绝，还不时向安娜投去审问的眼神。很显然，他心里在想她和雷蒙这个花花公子还有他女儿在一起干什么。一想到他很快就会知道这是怎么回事，我心里便满是骄傲。父亲凑到他耳边，调整了下呼吸，冷不防地宣布：

"老兄，有个消息要告诉你。安娜和我，我们打算十月五日结婚。"

他看看他，又看看她，视线在他们俩之间不停来回切换，完全蒙了。我心里乐开了花。他妻子也有些不知所措：她一直很喜欢我父亲。

"祝贺你们啊，"他终于大声喊道，"这真是太棒了！亲爱的女士，您要来管这样一个浪荡子，真是了不起！……服务员！……得庆祝一下。"

安娜微笑着，一脸轻松平静。我看到韦伯突然喜笑颜开，我没有回头。

"艾尔莎！天哪，是艾尔莎·马坎布尔，她没看见我。雷蒙，你看到没，这个姑娘变得多漂亮？……"

"可不是嘛。"父亲的口气像是个幸福的主人。

然后他像是想起了什么，变了脸色。

安娜不可能没注意到我父亲的口气。她迅速扭头，把视线从他那里转向我这边。她就要张嘴，随时可能说出不知道什么话来，我赶紧靠上前去："安娜，有人已经为你神魂颠倒了。那边那个男人，他的眼睛就没从你身上挪开过。"

我的口气是悄悄话，声音却大到足够父亲听见。他立马猛地回头，看到了那名男子。

"我不喜欢这样。"他说着，抓过安娜的手。

"瞧他们多可爱啊！"韦伯夫人佯装感动地讽刺他们，"夏尔，你真不该打扰这对小情侣，早知道只邀请小塞西尔就好了。"

"小塞西尔是不会来的。"我直截了当地回应。

"那是为什么？您爱上了渔民吗？"

自从那一次她看见我坐在长凳上和一位公共汽车售票员聊天，她就把我归入低等人的行列，也就是她嘴里的"贱货"。

"对啊。"我故意做出很开心的样子。

"那您捕了不少鱼吧？"

可恶的是她还自以为很幽默。怒火一点点在我心头蔓延。

"我不是青花鱼[1]专业户，"我说，"但没错，我是会捕鱼[2]。"

片刻冷场。安娜的声音响起，沉稳得一如既往："雷蒙，您能让服务员拿根吸管吗？喝鲜榨橙汁不能没有吸管。"

夏尔·韦伯迅速喝起了冷饮。父亲狂笑了一阵，我从他埋头喝东西的样子能看出来。安娜朝我投来哀求的目光。很快，像所有差点闹别扭的人一样，我们一致决定去吃晚饭。

1　法文中的"maquereau"既指青花鱼，也有老鸨的含义。
2　法文中的"pêcher"原意是捕鱼，也有找到、弄到的意思。

我在餐桌上喝了不少酒。我必须忘掉安娜的表情，她盯着父亲时，担心就写在脸上，她的目光停留在我身上的时候又带着含糊的感激。韦伯夫人一对我说刻薄话，我就面带灿烂的微笑看着她。这个战术显然令她困惑。她很快变得咄咄逼人。安娜示意我不要发脾气。她最怕有人在公共场合闹，她觉得韦伯夫人已经蠢蠢欲动。我嘛，早就习惯了，我们的圈子里这种事多的是。所以，我听着韦伯夫人说那些话，根本没当回事。

晚餐之后，我们去了圣·拉法雷尔的一家夜店。我们刚到没多久，艾尔莎和西里尔就来了。艾尔莎在门口停留了一会儿，大声地和衣帽间的女士说话，然后才走进大厅，可怜的西里尔跟在她身后。我觉得她的举止看起来不像是个恋爱中的人，更像个荡妇，不过她够美，有资格这么做。

"这个毛头小伙是谁？"夏尔·韦伯问道，"他很年轻啊。"

"这叫爱情，"他妻子低声说，"爱情让她光彩照人……"

"您当真？"父亲狠狠地说，"三分钟热度还差不多。"

我看着安娜。她打量着艾尔莎，平静而冷漠，好像她在看的是展示服装的模特，或者特别年轻的姑娘，没有展现出任何醋意。我就这么痴痴地欣赏了一会儿，赞叹小心眼和嫉妒心在她身上的缺席。我也想不通她有什么好嫉妒艾尔莎的。她比艾尔莎漂亮一百倍，精致一百倍。既然我已经喝得醉醺醺的，我就把这话告诉了她。她看着我，脸上写着莫名其妙。

"我比艾尔莎漂亮？你这么觉得？"

"还用说吗？！"

"我倒是乐意相信你。不过你又喝多了。把杯子给我。你没太难过吧，看到西里尔在那边？他看起来很烦恼的样子。"

"他是我的情人！"我快活地嚷嚷道。

"你真是醉得厉害！还好，也该走了！"

我们如释重负地告别韦伯夫妇。我一本正经地称韦伯夫人为"亲爱的夫人"。父亲开车，我的脑袋靠在安娜肩上。

我脑子里想的是，比起什么韦伯以及所有我们经常见的那些人，我更喜欢安娜。她比他们强，更体面，也更聪明。父亲不怎么说话。他大概在回想艾尔莎出场的那一刻。

"她睡啦？"他问安娜。

"睡得像个小女孩。她表现得还算得体。除了青花鱼那一段，有点太直接……"

父亲笑了起来。片刻沉默。然后我又听见父亲的声音响起。

"安娜，我爱您，我只爱您一个人。您相信吗？"

"您别老对我说这种话，我觉得害怕……"

"把手给我。"

我差点挺身抗议："不行，现在不是时候，车开在悬崖上呢。"但是我真是有点醉了，安娜的香水味，发缕间的海风，肩头的小擦伤——我们做爱的时候西里尔弄的——我有太多幸福的理由了，实在没有张嘴说话的必要。我就要睡着了。此时，艾尔莎和可怜的西里尔应该开着摩托车艰难上路了，摩托车是西里尔上次生日时他母亲送的礼物。不知道为什么，想到这里我竟湿了眼眶。汽车是那么舒服，它悬在空中，太适合入睡。说到睡眠，韦伯夫人这会儿应该睡不着吧。也许，等我到了她的年纪，我也会花钱找年轻人来爱我，因为爱是最温柔、最鲜活、最天经地义的事情。花多少钱不重要，重要的是不要变成一个爱吃醋、爱嫉妒的人，就像她对艾尔莎和安娜那样。我暗中笑了起来。安娜的肩微微往下一沉。"睡吧。"她用命令的口气说。我就这样睡过去了。

第八章

第二天，我睡到自然醒，几乎没有疲惫感，只是因为昨晚疯过了头，脖子后面有点疼。每天上午，我的床都沐浴在阳光中。我于是掀开盖在身上的被单，脱掉睡衣的上衣，把裸露的后背献给阳光。我把脸枕在弯曲的胳膊上，目及之处，近景是布料床单的纹理。稍远些，瓷砖上，一只苍蝇在徘徊。阳光温柔暖热，我感到皮肤下骨头纷纷伸展，它就好像是特意在为我做暖身护理似的。我决定上午就这样度过，不动了。

昨晚的事在记忆中慢慢清晰起来。我想起我对安娜说了西里尔是我的情人，我笑了出来：酒后吐了真言，却没人信。我也记得韦伯夫人，记得我和她斗嘴来着。

这种女人我见多了——在这个圈子，到了这种年纪，她们往往由于无所事事又拼命想享受生活而变得很讨人嫌。安娜的平静让我越发觉得韦伯夫人比以往更无聊、更招人烦。这也是可以想见的，我父亲那些女性朋友里头，我想不到有谁能经得住老被拿来跟安娜对比。要跟这些人度过一个愉快的晚上，要么得喝个微醺，乐得和他们吵吵闹闹，要么得跟两口子中的一个保持一种私密的关系。对于我父亲来说，那就更简单了：夏尔·韦伯和他一样，都是狩猎者。"猜猜，今晚我和谁吃饭，和谁过夜？小马尔斯，索雷尔电影里那个。我进到杜布依家里，然后……"我父亲笑着拍拍他的肩："幸福的人啊！她几乎能和艾莉兹媲美呢。"初中生式的对话。让我觉得可爱的，是他们的兴奋劲儿，他们俩都投入的热情。甚至是隆巴尔在露天咖啡馆没完没了的夜晚吐露的那些悲伤的知心话："雷蒙，我只爱她一个啊！你还记得她离开之前那个春天……多蠢啊，一个男人一辈子只和一个女人在一起！"两个男人借酒互诉衷肠，有那么点丢人，不甚体面，却很温暖。

安娜的朋友应该永远不会谈论及他们自己。他们大概也不曾经历此类风流韵事。即便提及，出于廉耻心估计也是一笑置之。我觉得自己已经做好了心理建设，可以分享安娜在我们的关系中所怀有的优越感，这种优越感不仅讨人喜欢，还会传染……然而，我想象中的三十岁的自己却更像我们现在的朋友，而不像安娜。她的沉默，她的冷漠，她的克制，会让我窒息。相反，十五年之后的我，有些厌倦的我，会投身一名魅力男子的怀抱，会对同样心生厌倦的他说：

"我第一个情人叫西里尔。那时候我十八岁未满，海上很热……"

我乐于想象这个男人的面孔。他应该跟我父亲一样，有些细小的皱纹。有人在敲门。我赶紧套上睡衣的上衣，然后喊："请进！"是安娜，她小心翼翼地端着一只杯子："我想你可能需要来点咖啡……没太难受吧？"

"好得很，"我说，"我昨晚好像有点喝高了，我觉得。"

"每次带你出去……"她笑了起来，"不过我得说，多亏有你才没那么闷。昨晚真是太漫长。"

我不再注意阳光，也没留意咖啡的味道。每次和安娜说话，我的注意力总是完全被她吸引，我觉得自己不复存在，然而她是唯一总让我怀疑自己、逼迫我对自己作出评价的人。她经常让我经历一些紧张又艰难的时刻。

"塞西尔，你觉得跟那样的人在一块有意思吗，韦伯、杜布依那种？"

"我觉得他们大部分人挺没劲的，不过他们俩还算好笑。"

她也看到了地板上前后左右徘徊的苍蝇。我觉得它应该快不行了。安娜的眼皮又长又沉，天生容易显得有优越感。

"你没意识到他们的对话有多乏味，而且……怎么说呢？闷。尽是合同、姑娘、聚会那些事，你从来不觉得无聊吗？"

"您晓得的，"我说，"我在修道院的女子学校待了六年，这些没什么道德约束的人还是很让我着迷的。"

我没敢说我喜欢这种无道德约束的生活。

"两年了，"她说，"这不需要推理论证，也无关道德，这是一个敏感度的问题，是第六感……"

我应该是没有。我明显感觉到在这方面我缺了点什么。

"安娜，"我冷不丁问道，"您觉得我聪明吗？"

她笑了起来，被我突如其来的问题惊到了："当然！瞧瞧！你为什么这么问？"

"我如果是个傻子的话，您也还是会这么回答我的，"我哀叹道，"您总是让我觉得自己远远赶不上您。"

"这是个年龄问题，"她说，"我要是不能比你更有自信一点的话，那就麻烦了。你也会影响我的！"

她大笑，我则有些恼火："也不见得会是坏事。"

"会是灾难。"她说。

突然，她收起了轻快的语气，直直地盯着我的眼睛。我觉得有点不自在，挪了两下。直到今天，我依然无法习惯这种讲话时直勾勾盯着你眼睛看的方式，或者恨不得贴到你跟前，确保你在听他讲话。其实很失策，因为在这种情况下，我只想溜掉、后退，我一边连连说"对"，一边来回倒脚，想办法逃到屋子另一头去；他们的坚持、鲁莽、这种排他的企图，会让我怒不可遏。幸好，安娜没觉得非得用这种方式钳制我，她只是视线不离我的眼睛而已，但我已经难以再用这种漫不经心的、轻快的语气跟她讲话。

"你知道他们的下场是什么吗，韦伯这类男人？"

我在心里默念："也是我父亲这类。"

"堕落了呗。"我快活地说。

"到了一定年纪，他们不再有魅力，身体也'不行了'，就像人们说的。他们喝不了酒，可他们还想着女人；只不过，他们不得不付给她们钱，不得不接受各种妥协，才躲得开孤独。然后被骗，可怜兮兮的。也就是在这种时候，他们会变得多愁善感，还很挑剔……我见过太多最后潦倒落魄的。"

"可怜的韦伯！"我说。

我心慌意乱。真的，这就是我父亲可能面临的结局。如果安娜不管他的话，这就是等待他的下场。

"你没有想过，"安娜说着，露出怜悯的微笑，"你很少考虑未来，对不对？年轻人的特权。"

"求您了，"我说，"别这样把年轻的帽子甩到我头上。我一般是能不戴就不戴的。我不认为它能给我一切特权或借口。我也不觉得它有多重要。"

"那你觉得什么重要？你的平静，还是独立？"

我害怕这样的对话，尤其是跟安娜。

"没什么重要的。我很少去想，您知道的。"

"我要生你们的气了，你父亲和你。'你们从来什么都不想……你们没什么擅长的……你们不知道……'你喜欢自己这样吗？"

"我不喜欢自己。我不爱自己，我也没有在想方设法爱自己。有时候您逼着我把事情弄得很复杂，我都要怨您了。"

她哼起歌来了，若有所思的样子；我知道这首歌，但想不起名字。

"安娜，这是什么歌？想不起来真难受……"

"我不知道。"她又露出微笑，看起来有点气馁，"待在床上，好好休息，我会继续我的家庭心智调查的。"

我想：我父亲那边自然好办得多。我从房间里就听见了他的声音："安娜，我什么都不想是因为我爱您。"
在她这样的聪明人面前，这个理由应该可以过关。我专
心伸了个长长的懒腰，把脑袋重新埋进枕头里。虽然我
对安娜说了那些话，但我脑子里其实想了很多。实际上，
她显然是言过其实了；二十五年后，我父亲会是个六十
来岁的可爱老头，头发花白，嗜饮威士忌，喜欢回忆当
年声色犬马的时光。我们会一起外出。我给他讲我的浪
荡荒唐，他给我出谋划策。我发现我把安娜排除在这个
未来之外；我无法把她放进去，我做不到。那套杂乱的
房子有时荒凉，有时又花朵满屋，不时出现陌生的场景，
动不动响起陌生的口音，经常塞满行李。我无法想象安
娜自带的、珍贵的秩序，肃静与和谐会出现在那里。我
好怕我会无聊至死；自从我真正从肉体上爱上了西里尔，
我大概没有那么担心她对我的影响了。我心里的惧怕被
释放了不少，但我最怕的是无聊和平静。要达到内心的
平静，我父亲和我需要外界的喧闹。这点，是安娜无法
接受的。

第
九
章

　　我一直在说安娜和我，很少谈及我的父亲。并非他的角色在这个故事里不重要，也不是我不在意他。事实上，我从来没有像爱他那样爱过任何人，而且在那段时间，在所有让我心思活跃的感情里，我对他的感情最稳定、最深刻，也是我最珍视的。我太了解他了，了解到无法自然地谈论他，因为我们太近了。然而，我最该交代清楚的人物就是他，不然他的行为会显得不怎么好让人接受。他既不虚荣也不自私，但是他轻浮，轻浮到无可救药。我不能说他是一个无法怀有深厚情感的人，或者说是一个不负责任的人。他对我的爱不容轻描淡写，也不能仅仅被看作父亲的角色使然。我比任何人都有可能对他造成伤害；而我自己，我还不是因为他那次躲开我的目光表示撒手不管，就觉得天要塌下来了吗？……他从来不会把我排在他那些情事之后。有些夜晚，为了送我回家，他不得不任凭一些"绝佳的机会"溜走（借用韦伯的话说）。但除此之外，我不能否认，他的确沉醉于感官的欢愉，享受他的不专一和身边的种种机会。他不思考。他试图从生理角度解释一切事情，他认为那是最合乎情理的："你觉得自己很讨人厌吗？那就多睡觉，少喝酒。"甚至有时候，他会强烈地渴望某个女人，他既不会去压抑这种欲望，也不会去把它升华成更复杂的感情。他追求物质享受，但他讲究，而且善解人意，所以是个优质的享乐者。

对艾尔莎的这种渴望让他有些气恼，但气恼的理由与我们常人想象的并不同。他不会有"我会对安娜不忠，而这会影响我对她的爱"这种念头，他的想法只会是："真讨厌啊，我这么渴望艾尔莎，得让这事赶紧了结，不然我和安娜之间会有麻烦。"况且，他爱安娜，他仰慕她，她跟他这几年频频交往的那些轻佻而略显愚蠢的女人是那么不一样。她能同时满足他的虚荣、他的肉欲和他敏感的心，因为她理解他，她能用自己的智慧和经验与他的智慧和经验抗衡。现在，要说他意识到她对他的感情的严肃性，我就没那么确定了！在他看来，她是理想的情人，于我，是理想的母亲。在想到"理想配偶"的时候，他有考虑过"理想配偶"带来的义务吗？我不这么认为。我敢肯定，在西里尔和安娜眼里，他和我一样，在感情方面都是个异类。这并不妨碍他在情场风生水起，因为他觉得感情生活就该那样，而且要全身心投入。

在计划着如何把安娜从我们的生活中排除的时候，我并没有考虑父亲。我知道他总是能振作起来的，以往的经验已经表明，不管遇上什么事，他都能重整旗鼓：比起井井有条的生活，一次分手不会让他付出多大代价，真正能伤害他、削弱他的只有习惯和已知，我也是这样。他和我，我们属于同一族群。有时候我觉得我们属于高贵的纯种流浪者一族，有时候又觉得我们是浅薄而冷酷的享乐者之流。

眼下他正痛苦着呢，至少他很气恼：艾尔莎对他而言，又变成了一个象征，象征着他过去的生活和青春，尤其是他的青春。我能看出来，他恨不得跟安娜说："亲爱的，请允许我离开一天。我必须到这个姑娘身边去，去证明给自己看我不是个老头子。我必须再次对她的身体产生倦怠才能获得平静。"但他不能对她这样说。倒不是因为安娜会嫉妒，或是她在这个问题上是个不好对付的、彻头彻尾的卫道士，而是因为她之所以同意和他一起生活，是建立在以下前提之上的：自由放荡的日子结束了，他不再是个中学生了，他是个男人，她将要把自己的生活托付给他，这就意味着他得有个好男人样，他不可以是一个对自己放任自流的可鄙之人。就这一点本身，安娜是无可指责的，她这样的考虑是完全正常且合情合理的，但这并不能阻止父亲渴望艾尔莎。而且他的渴望不断加剧，比其他一切渴望都要强烈，更因为其禁忌本质而变本加厉。

这个时候，我无疑是可以解决问题的。我只消跟艾尔莎说你就依了他吧，再随便找个借口，让安娜陪我去尼斯或者别的地方过一下午。这样，等我们一回来，就会发现父亲一身轻松，对合理合法的爱人又柔情似水起来，哪怕效果不会如此立竿见影，至少等我们回到巴黎也会见效。还有一点，安娜不能容忍的一点，那就是她和其他情人一样是临时的。同样，她也无法接受我们的生活因为她的自尊心和自信心而变得艰难……

但我没让艾尔莎依了父亲，也没要求安娜陪我去尼斯。我要让父亲心头的这股欲望作威作福，直到他犯下错误。我不能忍受安娜对我们过去生活的鄙视，不能忍受她轻而易举地瞧不起曾经被父亲和我视为幸福的东西。我不是想侮辱她，我只是要让她接受我们的生活理念。她必须得知道父亲背着她出了轨，把这件事当作身体的短暂艳遇写入她的系统价值观里，而不是把它当作对她的个人价值和尊严的侵犯。她若是千方百计要一直当对的那个人，那就得允许我们是错的一方。

我甚至佯装没看出父亲的苦恼。他千万不能来找我倾诉，逼迫我成为他的同谋，让我去给艾尔莎传话，支开安娜。

我必须假装视他对安娜的爱和安娜这个人本身神圣不可侵犯。我得说，我装起来不费吹灰之力。一想到他可能对安娜不忠，可能会和她对抗，我心里就很害怕，也隐隐有一丝钦羡。

与此同时，幸福的时光在流逝：我创造各种机会勾起父亲对艾尔莎的欲念。即便想起安娜的脸，我心中也不会再充满愧疚。有时候，我会想象她兴许能接受出轨的事，然后我们可以一起，过上一种符合彼此追求的生活。除此之外，我也经常见西里尔，我们偷偷做爱。松林的香气，大海的声音，肌肤的触感……他开始受到自己良心的谴责，他极其厌恶我让他扮演的角色，他之所以接受，完全只是因为我让他相信为了我们的爱他必须这么做。这一切对我来说意味着口是心非和内心的沉默，但说几句谎话并没有花费我太多的力气，毕竟只有我的行为能迫使我审判自己。

关于这一时期，我只想一笔带过，我担心细思之下容易重新陷入对于我来说太过沉重的回忆中。单是想到安娜开心的笑声和她对我的好，我就好像挨了揍似的，好像有人暗中很卑鄙地打了我一拳，很疼，我把自己弄得喘不过气来。我觉得我就要被人们所说的负罪感附体了，不得不干点什么事分散注意力：点根烟，放张碟，给朋友打个电话。渐渐地，我才能想点别的事情。但我不喜欢这样，不喜欢被迫求助于记忆的缺陷和理智的轻率，我更愿意努力去打败它们。我不愿意承认它们在我身上存在，即便我应该为此而庆幸。

第十章

　　宿命真是有意思，它总爱挑那些不怎么样的或平庸的面孔来为自己代言。那年夏天，它以艾尔莎的面目出现，可以说是一张漂亮的脸蛋，相当有吸引力。她的笑也不一般，很彻底，很有感染力，必须有点蠢才能发出这样的笑声。

　　我很快看清了这笑声在我父亲身上产生的效应。我要求艾尔莎在我们按计划"撞见"她和西里尔在一起的时候最大限度地把它利用起来。我告诉她："您要是听到我父亲在靠近，什么也别说，笑就好了。"然后，她的笑声传来，我就发现怒火从我父亲的脸上烧过。这个导演的角色一直让我着迷。我从来没失过手，因为一看到西里尔和艾尔莎在一起，看到他们公开表现出来的足以以假乱真的恋情，父亲和我，我们俩的脸会同时变得煞白，把血液从我们面部吸走的重力里，占有欲大大多过痛苦。西里尔，西里尔低头对着艾尔莎……这画面撕碎了我的心，我把他和艾尔莎搁到一起，精心打造了这幅画面，却没想到它会有如此威力。把词语放在一起是容易的，它们听话又顺从；而当我看见西里尔的侧脸，他光滑的棕色后颈倾向艾尔莎仰起的脸，我真愿意付出一切代价换它没发生。我忘了，想要这一幕上演的，正是我。

我们每日的生活里，除了这些大小插曲，充斥着安娜的信心、温柔和幸福（动用这个词对我来说有点难度）。的确，我从来没见过她离幸福这么近，她把自己托付给了我们这些自私鬼，远离我们强烈的欲望和我那些下作的小伎俩。我曾经指望的是：出于冷漠和骄傲的本能，她不会想方设法把我父亲拴得更紧，也不会卖弄风情，而只会继续展露她的美丽、聪慧和温柔。我越来越同情她。同情是一种讨人喜欢的情感，像军乐一样动人。没有人会因为我的同情而指责我。

一天早上，女佣很激动地跑来，给我带了艾尔莎的话："一切问题解决了，快来！"这让我感到大事不妙：我讨厌忠心耿耿。我终于在海滩上找到了艾尔莎，胜利写在她脸上："我刚见了你父亲，一小时前。"

"他对您说什么了？"

"他说他对发生过的事感到无比遗憾，说他表现得很粗鲁。这是真的……对吧？"

我想我表示了同意。

"然后他说了一些只有他会说的夸赞话语……你知道的，就那种有点冷淡的语气，声音低低的，就好像说那些夸人的话很痛苦似的……那种语气……"

我一把将她从纯情故事的甜美中揪出来："然后呢？"

"没有然后啊！……呃，还是有的，他邀请我和他一起去镇上喝茶，证明我不记仇、心胸开阔、思想先进呗！"

我父亲关于红发女人的进化论是我欢乐的源泉。

"你笑什么？我应该去吗？"

我差点跟她说这跟我没关系。然后我意识到她是把我当作她行动成功的责任人了。不管是对是错，这都让我恼火。

我觉得自己被套住了：

"我不知道，艾尔莎，这取决于您。别老问我该怎么做，好像是我让您……"

"但就是你啊，"她说，"多亏了你。"

她话里钦佩的语气突然让我感到害怕。

"您想去就去，但行行好，别再跟我提这些事了！"

"但是……但是我们得甩掉那个女人啊……塞西尔！"

我跑开了。我父亲想干什么就干什么吧，安娜自己想办法。我约了西里尔。我感到恐惧渗进了我的血液里，似乎只有爱情能帮我摆脱。

西里尔把我抱在怀里，一句话也没说，他引导着我。在他身边一切变得容易起来，激烈又愉悦。过了一阵子，我在他身旁躺下，贴着他大汗淋漓的金色胸膛，我也筋疲力尽，像迷失的落水者，我告诉他我讨厌自己。我是笑着说的，我也的确这么想，但我心里并不难受，反倒乐于接受。他没当回事。

"没关系。我是那么爱你，我会改变你对自己的看法，让你和我想的一样。我爱你，我多么爱你……"

午饭的时候，这句话一直在我脑海里盘旋："我爱你，我多么爱你……"这就是为什么，不管我再怎么努力回忆，我对那顿午饭的印象依然很模糊。安娜穿了一条淡紫色的裙子，跟她的眼睛和眼袋是同一个颜色。我父亲乐呵呵的，看起来很放松：局面对他很有利。甜点上来了，他宣布下午要去镇上购物。我心里窃笑。那一刻，我是个疲惫的宿命论者。我只想做一件事：游泳。

下午四点，我出发去海滩。我父亲在露台上，正要动身去镇上。我什么也没说。我甚至没叮嘱他小心点。

海水温热而柔和。安娜没有来，她应该在忙她的时装系列，在房间里画她的设计图，与此同时，我父亲正和艾尔莎打得火热。两小时过去，阳光照在身上已经温暖不再，我于是回到家门前的平台上，坐到躺椅上，翻开报纸。

就在此时，安娜出现了。她从小树林里蹿出来，一路跑，而且跑得很费劲，很笨拙，双肘紧贴着腰。我脑子里突然冒出的念头有点不像话，我觉得眼前跑的是一位老妇人，好像她马上就要摔倒。我呆呆地看着：她消失在房子后面，车库所在的地方。我一下子明白了什么，我也撒开腿跑起来，我要去拦住她。

她已经在车里了，正在发动汽车。我飞奔过去，扑到车门上。

"安娜，"我说，"安娜，别走，这是个错误，是我的错，听我解释……"

她不听，连看都不看我，弯下身子去放手刹。

"安娜，我们需要您！"

她直起腰，整个人像散了架。她在哭。我才突然明白，我伤害的是一个活生生的、敏感的人，而不是抽象的个体。她应该曾经是个有点神秘的小女孩，后来成长为一个大姑娘，再后来成为一个女人。她四十岁，单身，爱上一个男人，希望和他一起幸福地过上十年，也许二十年。而我……这张脸，这张脸，是我干的好事。我愣在那里，整个身体贴着车门止不住地发抖。

"你们谁也不需要，"她低低地说，"你不需要，他也不。"

引擎响起。我绝望了，她不能就这么离开："原谅我，求您了……"

"原谅你什么？"

泪水从她脸颊不停滚落。她脸上的表情不为所动："我可怜的姑娘！……"

她的手扶住我的脸颊，停留了一秒钟，然后就离开了。我看着汽车消失在房子的拐角之后。我慌神了，完蛋了……一切发生得太快。还有她的脸，那张脸……

我听到背后传来脚步声：是我父亲。看来他花了些时间，擦干净了艾尔莎的口红印，刷掉了西服上的松针。我转过身，朝他扑过去：

"浑蛋，浑蛋！"

我开始抽泣。

"发生什么了？是不是安娜……？塞西尔，快告诉我，塞西尔……"

第十一章

等到晚餐的时候我们才又碰头，彼此都为突然到来的单独相处而惶惶不安。我丝毫没有饥饿之感，他也是。我们心里都清楚，我们需要安娜回来。回忆起她走之前那张崩溃的脸，再想到她的悲伤和我的责任，我很快会受不了的。我那些不慌不忙的阴谋，天衣无缝的计划，此刻都已经抛在脑后。我感到自己完全失去了方向，就像马没了缰绳丢了马衔。我注意到父亲脸上也挂着同样的表情。

"你觉得，"他说，"她会抛下我们很长时间吗？"

"她肯定回巴黎了。"我说。

"巴黎……"父亲咕哝了一声，神情恍惚。

"也许我们再也见不到她了……"

他惊慌失措地看着我，跨过桌子抓住我的手：

"你肯定恨死我了。我不知道我得了什么失心疯……我和艾尔莎一进到小树林，她就……我吻了她，安娜应该就是在那时候经过的……"

我没有在听他说。艾尔莎和父亲两个人缠绵在林荫中的画面显得那么滑稽，站不住脚，我无法想象。这一天里唯一鲜活的，甚至鲜活到残酷的，是安娜的脸。那是她留下的最后一张面孔，刻着痛苦，是遭受背叛的面孔。我从父亲的烟盒里抽出一根烟，点了起来。又是一件安娜不能容忍的事：吃饭的时候抽烟。我笑着对父亲说：

"我明白，这不是你的错……就像人们说的那样，一时兴起。但是得让安娜原谅我们，原谅'你'。"

"该怎么做呢？"他说。

他脸色非常差，我觉得他很可怜，但我觉得自己也很可怜。安娜为什么就这样抛弃了我们，为了这点小过错就折磨我们？她难道不是得对我们尽责任吗？

"我们给她写信，"我说，"请求她原谅。"

"这主意太棒了！"我父亲大喊。

他总算找到法子，摆脱三个钟头以来我们这种满怀内疚、不知如何是好的状态。

晚饭还没吃完，我们把桌布和餐具推到一边。父亲找来一盏大灯、几支钢笔、一瓶墨水，还有他的信纸，然后我们就面对面坐下来，嘴角几乎挂着微笑，因为有了这一动人场面的加持，安娜的回归似乎能指望了。一只蝙蝠飞到窗前，划出几道柔和的弧线。我父亲歪着头，写了起来。

想到这天晚上我们给安娜写的信中连篇累牍的好话，我心中不可抑制地泛出嘲笑和残忍，令我自己感到难堪。我们两个人在灯下，像两个专注又笨拙的小学生，默默地写着不可能完成的作业："找回安娜"。然而我们的确写出了两篇佳作，满纸的完美借口、甜言蜜语和懊恼悔恨。撂下笔的时候，我几乎能够肯定安娜会招架不住，和解是分分钟的事。我已经开始想象她原谅我们的那一幕，持重又不乏幽默……那一幕将会发生在巴黎，安娜走进我们的客厅，然后……

电话响了。晚上十点。我们彼此交换了眼色，先是讶异，随之而来是希望：是安娜，她打电话来说她原谅我们了，她要回来。我父亲跳起来冲向电话，快活地喊了一声"喂"。

接着，他就只回答"对，对！哪里？对"，我听不出他的情绪。轮到我站起来：恐惧在我心中升起。我看向父亲，他正机械地用手扶住脸。然后他轻轻地放下电话，扭头看我。

"她出车祸了，"他说，"在艾斯特莱尔的路上。他们费了很大劲才找到她的地址！打到巴黎，巴黎那边给了这儿的电话。"

他机械地转述着，连语气都不带变，我不敢打断他的话。

"事故发生在最危险的路段。据说那个路段出过很多起车祸。车往下掉了五十多米。她要是能活下来，那就是奇迹……"

记忆里，剩下的夜晚犹如噩梦。车大灯照着道路在前方出现，父亲木然的脸，诊所的门……他不想让我看到她，我便坐在候诊厅的长凳上等着。我看着一幅再现威尼斯的石版画，脑子里一片空白。一位护士告诉我这已经是入夏以来同一个地方发生的第六起车祸了。父亲一直没有回来。

于是我想到，这一死，安娜再一次地显出她和我们的不同。要是我和父亲自杀——假设我们有足够的勇气自杀，我们会对着脑袋来一枪，还要留下一张解释详尽的字条，写给那些害得我们自杀的人，要让他们一辈子睡不了舒服觉。但是安娜送了我们一份豪礼，让我们还有机会去相信车祸纯属意外：危险的地段，汽车的不稳定。但这份豪礼我们很快也会承受不住。话说回来，现在我谈到自杀的可能性，那也得亏我想象力丰富。父亲和我，我们这种人，我们谁也不需要，活人、死人都不需要，有人会为我们自杀吗？父亲和我从来只把这件事当作事故对待。

第二天，我们回到家的时候接近下午三点。艾尔莎和西里尔坐在台阶上等着我们。他们戳在我们面前，像两个被遗忘的无足轻重的人：不管是她还是他，他们都没有认识过安娜，也没有爱过她。他们在那里，怀着各自那点小心思，美貌和尴尬叠加在一起。西里尔朝我迈了一步，伸手扶着我的胳膊。我看着他：我从来没爱过他。我曾经觉得他很好，曾经被他吸引；我爱他给我的欢愉；但我不需要他。我要离开——离开这座房子，离开这个男孩和这个夏天。父亲在我这边，这会儿是他拉起我的胳膊，我们一起进了屋。

安娜的衣服，她的花，她的卧室，她的香水，都还在房子里。父亲合上百叶窗，从冰箱里取出一瓶酒，又拿出两只杯子。那是我们绝无仅有的疗法。我们的道歉信还摊在桌子上。我一手将它们推开，信纸飘飞着落到地板上。父亲手里拿着倒满酒的杯子，正向我走来，他犹豫了一下，然后小心翼翼地避开信纸。我觉得这一切既充满着象征意义，又显得那么做作。我双手握着杯子，一饮而尽。整个屋子笼罩在半明半暗中，我望着窗前父亲的身影。海浪拍打着岸滩。

第
十
二
章

巴黎，葬礼那天天气晴好，来的人稀奇古怪，黑压压一片。父亲和我跟安娜年迈的亲戚们一一握手。我好奇地看着他们：他们肯定是每年会来家里喝一次茶的那种人。人们向我父亲投去怜悯的目光：韦伯应该是把婚礼的消息散布出去了。我看到西里尔在出口的地方找我。我故意躲开他。我心中对他怀着怨恨，我知道这毫无道理，却控制不了我自己……身边的人纷纷为这桩可怕又愚蠢的事故扼腕叹息，而我对车祸的意外性质还心存疑问，于是心中有些许得意。

回家的路上，在车里，父亲把我的手紧紧攥在他手里。我心里想：你只有我，我也只有你了，我们孤苦伶仃，那么不幸。我哭了，头一回。那是相当舒畅的眼泪，跟我在诊所的威尼斯版画前感到的空洞截然不同。父亲给我递过来他的手帕，一言不发，一脸哀丧。

那一个月里，我们俩过得一个像鳏夫，一个像孤儿。我们一起吃晚餐，一起吃午餐，但没有社交活动。有时我们会提起安娜："你记得吗，那天……"说的时候，我们的语气小心翼翼，避免和对方有眼神接触，因为担心伤到自己，害怕有什么东西会碰到我们其中一个人身上的痛处，勾出一些无法挽回的话语。这样的谨慎和相互的温存是有好处的。我们可以以正常的语气谈论安娜，就像谈论一个亲密的人。本来我们和她在一起应该会感到幸福，但上帝把她召唤过去了——我说的是"上帝"，而不是"偶然"。然而我们不信上帝。能相信偶然已是幸福。

后来有一天，在一个朋友家中，我认识了朋友的一个表哥。我喜欢他，他也喜欢我。那一周我们来往得很热络，老一起出去玩，热恋的轻率在所难免。我父亲呢，也不是耐得住寂寞的人，他和一名野心勃勃的年轻姑娘一起，没有闲着。既然生活注定要重新开始，那它便又恢复到以前的模样。父亲和我在一块的时候，我们一起笑，谈论各自的战果。他肯定怀疑我和菲利普的关系不那么柏拉图，我也晓得他的新女友很爱花钱，但我们很幸福。冬天就要结束了，我们不会再租那栋别墅，但我们会换一栋，在胡安莱潘附近。

只有清晨时分，当我在床上的时候，耳边只有巴黎街上的汽车声，我的记忆偶尔会背叛我：夏天和关于它的所有回忆又回来了。安娜，安娜！我在黑暗中久久地低声重复着这个名字。有样东西从我心头涌起，我闭上眼睛喊它的名字：

"你好，忧愁。"